Seba · 蝴蝶

Seba・蝴蝶

蝴蝶館 01

禁咒師

卷壹

Seba 蝴蝶 ◎著

目次

人物介紹……003
楔子……008
禁咒師 壹……013
作者的話……232

人物介紹

甄麒麟

當世唯一被賦予「禁咒師」稱號之人，年齡成謎的超資深美少女，食量與酒量都超級大的美食主義者，同時也是動漫迷與網路遊戲粉絲。目前受雇於紅十字會，專責處理精神異常的魔、墮落的神仙、膽大妄為的妖靈，與其所製造的各項恐怖活動。

宋明峰

茅山派宋家最後擁有天賦的傳人，立志發揚家傳絕學，而遠赴紅十字會深造。在妖魔的眼中，是一塊上好的美味佳餚，所到之處經常會引起各種靈騷。但在這奇異的血緣天賦之後，隱藏著強大的能力與更大的謎團，正等待發掘。

蕙娘

麒麟早年所收服的式神，雖然常以宋代仕女的嫻雅形貌現身，本相卻是已修行八百年的大殭屍。生前曾是名動京城的廚娘，如今則以其絕代廚藝餵養麒麟永不饜足的胃口，是麒麟最貼身的助手、管家，也是最得力的戰友與知交。

史密斯

紅十字會的一名教員，負責管理大圖書館，明峰在求學時期曾擔任他手底下的圖書管理員，同時也是將明峰推薦給禁咒師甄麒麟當學徒的介紹人。據說他是個十八世紀的鍊金術士，因為實驗意外而獲得長壽，但真相如何只有他自己知道。

胡伯伯

冥界的計程車司機，常被麒麟召來代步，因為穿越冥道似乎比陽間的交通更快速，也可以不理會陽間的許多限制。不過冥道也有必須遵守的法則，比如速限，冥道也是有測速照相的，另外，入出國境的規則也更繁複。

大聖爺

《西遊記》最膾炙人口的主要角色，花菓山水濂洞之主，天庭受封弼馬溫，自號齊天大聖，西天取經後被佛祖名為鬥戰勝佛，是大鬧天庭的代表性人物。據說早年曾變化人形，與甄家祖先結親，傳下香火，是麒麟道術的其中一脈傳承。

宋明琦

宋明峰的堂妹，能力不如明峰，但依然擁有強悍的天賦，與眾生間的因緣也頗為深厚。雖然沒有經過任何修練，自己本身對修道也無興趣，但還是經常捲入各種靈異事件，讓被強迫成為她命中貴人的明峰暴跳不已。

倉橋音無

當代日本陰陽道神主，精於祓禊，與明峰曾一同於紅十字會修業，是十分要好的同學。音無雖是男性，但外貌纖細美麗如女子，經常被人誤認。音無心中似乎隱然傾慕著明峰，但因繼承家業，無暇聯絡，直到近日才特地到訪。

宋明熠

明峰的表弟，只擁有一點點淡薄天賦，因此看得不夠清楚，惹麻煩的等級也稍遜於明琦。目前就讀於中都某大學，同時也是「靈異現象研究社」的成員。明峰前往旁聽時，正巧與明熠同班，另外同在一班的還有林雅棠。

黃俊英

麒麟的第一個徒弟，本身便是很有實力的天師道道士，在麒麟的九個弟子中也是年紀最大的。目前居住在南部某山村裡，家裡已經有了曾孫，平時除了務農與兼任道士外，興趣是開輕航機。俊英從師時，與蕙娘曾有一段情，至今依然不變。

莉莉絲

喜好作羽扇綸巾打扮的金髮女子，取了中文名字叫鳳凰，是麒麟九個徒弟之一。目前任職於紅十字會，接受各種有關裡世界的委託，包括安撫說服動亂的自然精靈等。某次任務中，在秦皇陵身陷絕境，令麒麟對紅十字會大動肝火。

阿旭

麒麟九弟子之一，一名風流瀟灑的青年男子，經常有豔遇，不過對象多半是眾生，像是加爾各達的豹女、蛇髮女妖梅杜莎、山鬼之類。他似乎也一直很想追求麒麟，不過迄今為止還沒有成功。

葉舒祈（魔性天女）

列姑射島北都城的管理者，擅長運用電腦，能用資料夾容納眾生，也能循網路入侵他界。其能力為都城精魂魔性天女所賦予，因此有其界限，但仍讓三界眾生忌憚不已，不敢在她眼皮下犯事。雖然地位崇高，舒祈卻不依恃，只以排版打字維生。（詳見《舒祈的靈異檔案夾》）

得慕

舒祈的管家。她本是一條人魂，循著網路線遇見舒祈後，開始協助舒祈安頓來來往往的各路生魂死靈。由於手腕高超，一直是神、魔兩界爭相邀僱的對象，但她僅忠於舒祈一人。得慕是舒祈的代表，在某方面來說，也是管理者權能的延伸。（詳見《舒祈的靈異檔案夾》）

楔子

我不知道，我會不會是本世紀最後一個道士。

應該說，我不知道是不是台灣最後一個道士。

雖說我們家相傳的茅山派道術已經有五百年歷史，還從唐山過台灣地傳承過來，但是我們世家要求甚嚴，不許以家學為生，還有一大堆阿瀶不魯的規定……

但是傳到我這一代，已經亡佚了許多典籍、法術，除了我以外，沒有人想繼承了。

而我呢，之所以想繼承，是因為這對該死的陰陽眼，不繼承會死於非命。

也因為這種體質，老爸早早就送我去修練，只是……出國「留學」，去的居然是紅十字會的總部，讓我有點傻眼。

事實上，應該是「紅十字會災難防治組」，只是災難防治組的真正地點，居然比總會氣派多了，座落在歐洲一個年久失修的大城堡裡，四周還有密密麻麻的森林。頭一天去的時候，我還以為闖入了《哈利波特》的世界，只是沒有魁地奇……

不過有人騎掃把，更神奇的是，有人還騎吸塵器。

我在災難防治組住了五年，還常常被法術爆炸的聲音驚醒，至於被召喚卻回不去的小惡魔對著召喚者大跳大叫，召喚者含淚低頭不斷說對不起的場景，也不是什麼罕見的事情。

聽說，各國的防災小組本來各有各的組織和任務，主要是針對「裡世界」的管理（不過五一特區的案子被我們的「頭頭」回絕了，外星人不是我們的管轄範圍），後來才越來越國際化，也跟紅十字會取得共識，所以就「靠行」了。

我修練了五年，學了一肚子亂七八糟的知識，坦白說，我的法術一點進步都沒有，據說是因為東方法術通常以日本為主，和我的路數不太相同，不過我的裡世界史倒是念得不錯，但是，我又沒打算當學者。

「這樣啊……」輔導就業的老師搔搔頭，「改信天主教如何？可以系列性地學習驅魔，將來可以加入黑薔薇十字軍團……」

「我不要出家！」我額上爆出青筋，「就算現在沒有女朋友，我將來也一定會有的！而且我學的是道術……」

「道士交什麼女朋友？」老師發牢騷，「好吧，我安排你去當一個正宗道術高手的助手好了。」

「正宗道術？」我懷疑地看著眼前這個金髮碧眼的洋鬼子。洋鬼子懂得什麼正宗道術？「我可是茅山派世代相傳的弟子，不要介紹半調子給我。」

「不然你可以當這裡的圖書館員。」老師沒好氣地說。

真糟糕的二選一，我才不要當圖書館員。

*　*　*

懷著忐忑的心，我去找這位「禁咒師」。聽名字實在很像是日本陰陽道那種……

我心裡嘀咕著，死洋鬼子老是搞不清楚中國和日本的法術差別，萬一送我來東洋鬼子這兒，我該怎麼辦？我日文講得很爛耶！

循著地址，我猛按電鈴，電鈴卻根本就沒響過，敲了敲門，也沒反應。我抬頭看了看這棟陰森森的平房，為什麼會住在台北近郊這種廢山村啊？

我試著轉動門把，咦？開了！

一開門，我就和一隻滿口滴著銀白唾沫的山怪照了面。牠暴吼一聲，我也跟著尖叫一聲，揚手給了他一記火符，開始念咒——天啊，咒語是什麼？我居然忘記了！

完了！牠撲上來了……

突然，我們中間跳下了一道黑影，一個穿著清涼細肩帶和短褲的妙齡女子，披著皮大衣，氣勢凜然地大喝一聲，逼開了山怪，手上拿的是正統桃木劍……

真是令人感動得熱淚盈眶！（我可不是怕到哭哦！）

看她踏著禹步，敏捷地和山怪鬥在一起，體術和劍法奧妙無比，我想，我真的遇到明師了，真是令人興奮！

不知道她是哪個宗派的？若是茅山的師姐，那就更妙了，我豎起耳朵，想恭聆她的聖咒……

「喝！」她嬌斥一聲，聲音真是好聽。「得罪了方丈還想跑！」

桃木劍暴起金光，瞬間消滅了山怪。我愣住了，這……應該只是她的口頭禪吧？但還是有點怪異。

山怪的頭在地上打旋，試著重生，她冷凜地望著牠，「請聽聽我珍藏已久的福音吧！阿門※。」然後用一道火符炸掉牠。

一片秋風掃過，只剩幾片淒涼的落葉。

「妳是禁咒師？」我無法抑制手指的顫抖。

她上下打量了我一下，「哦？你是總部送來的助手？聽說你是我同門的小師弟啊？」她懶洋洋地將劍歸鞘。

她也是茅山派？騙人！

「妳剛剛念的是……咒？」

「是啊！」她大刺刺地將穿著獵靴的腳擱在桌子上，「有能力的人，就算念卡通對白，也可以驅魔除妖啦！那當然是強而有力的咒啊！」

她打了個呵欠，又說：「本來要念《神眉》的對白的，但我剛好忘了。」

呃……我看我還是回去當圖書館員好了……

一、身世可疑的「大師」

他實在不明白，為什麼要當這個莫名其妙的少女的助手。他再也不相信什麼鬼紅十字會了！

「為什麼我來了一個禮拜，就只是替妳做飯？」他終於生氣了，把小花圍裙丟在地上，「妳搞清楚耶！我是來當助手的，要不是那個笨老師說妳會教我正宗道術，我也不會……」越想越氣，他的聲音大了起來，「我不是來當妳的廚師的！」

「煮得很難吃。」少女皺緊了眉，「要怎樣才可以把荷包蛋煎得跟皮鞋底一樣？這說不定也是一種才能……」

「甄麒麟！」他已經快被氣炸了。

「我又沒聾，需要這麼大聲嗎？」麒麟支著下巴，有氣無力地撥著盤裡宛如鞋底的

※出自日本知名漫畫家高橋留美子作品《一磅的福音》。

荷包蛋，「我說明峰，難道你不曉得，想要學藝得先從雜役做起？別的徒弟可是要從外場做起，洗碗洗盤三年，才可能摸到菜刀的，我讓你先摸菜刀已經是開恩了……」

明峰氣得發抖，一把奪走麒麟放在桌上的《將太的壽司》，用最大的聲量吼著，「告訴過妳多少回了，不要看那麼多漫畫！我是來做道士修行的，可不是美食修行！更不是要做他媽的壽司……」

「這樣說是不對的，」麒麟攤攤手，「難道你沒聽過《老子》有言：『治大國者若烹小鮮』？美食乃是最強的『咒』，如果你要了解深奧的咒，就得先從『烹小鮮』開始！」

這麼說來，似乎有幾分道理……明峰呆了呆，低頭深思的時候，瞄見覆在茶几上的書。

「妳昨天晚上是不是看《陰陽師》看到睡著了？」他竭力壓抑發抖，雖然胸口氣到快要爆炸了。

「啊呀！被你發現了是嗎？」麒麟拍著頭。

「妳……妳為什麼老是拿漫畫小說來敷衍我？」他的怒吼震得玻璃窗嗡嗡作響。

「漫畫小說也是有真理存在的呀……」

「甄麒麟！」

看著他大跳大叫，麒麟掏了掏耳朵。還是趕緊讓他去買菜吧！不然就趕不上午餐了……

「明峰，」她的眼神變得很認真，很誠摯。「你想要女朋友對吧？」

這天外飛來一筆，果然讓暴怒不已的明峰呆住了。「妳……妳怎麼……」她怎麼會知道的？

「我告訴你，想要交女朋友，可是要先學會做菜唷！」她非常正經地舉起食指，「其實交女朋友沒有任何訣竅，不是長得帥氣、身高夠高就可以了，最重要的是要讓女孩子察覺你不留痕跡的溫柔體貼。就算是其貌不揚，也可以因為這樣交到好看女生。這年頭，不會下廚的男人是別想有女朋友的，了解嗎？」

明峰呆呆地看著麒麟的眼睛，內心雖然明白她在「唬爛」，但是不知道為什麼，他卻乖乖拿起菜籃和錢包，身不由己的往外走。

「我一點都不相信妳的鬼話！」嘴巴這樣嚷著，但卻口不對心的往外急奔。

麒麟打了個呵欠——這個孩子還不錯，滿好欺負的，加上他的體質特殊，隨便就引來一堆魑魅魍魎，讓她休假的時候還有些娛樂可以玩耍。

「蕙娘。」她喚著式神，「去看著那孩子。別讓他把雜鬼引去別的地方，順便教他怎麼買菜，若是可以，也教他一點基本功吧！再吃這種皮鞋底，我怕我會胃穿孔。」

虛空中凝聚光影，出現了個矇矇矓矓的美人兒，穿著宋代的古裝，拿著團扇，媚然一笑，「呵，妳也太為難這孩子了。妳忘了我在生時的營生？我可是名動京城的廚娘呢！我做給妳吃就好了，需要這樣為難一個孩子嗎？」

「蕙娘，妳做的菜太完美了。」麒麟笑笑，「太完美是不行的。像是盛開之櫻，最終是要凋謝的。他做得不好，卻還有許多餘地。美食也是一種咒……」

「得了！」蕙娘吃吃地笑著，「妳那《陰陽師》不用背得這麼熟，我這就去了。」

見她飛身而去，麒麟不滿地皺皺鼻子，「嘖！閒書也是有好道理的呢！你們居然沒人能體會，真是！」

*　　*　　*

等買好了滿籃的菜，又克制不住地買了好幾本食譜，明峰才突然醒悟過來。

明知道她在唬爛，為什麼他就是忍不住會這麼做啊？

「因為你中了她的言靈之術。」跟在他後面半天的蕙娘笑出聲音，「有什麼辦法呢？真要鬥法，你是鬥不過的呀！」

「我不幹了啦！」他大聲嚷著，一面剁著豬肉，「早知道我該去當圖書館員的！那幫洋鬼子一定是跟她串通好的！」

「沒錯，就是這股氣勢。」蕙娘拿著團扇遮著嘴兒笑，「多使點勁兒，獅子頭才夠彈性……」

「我是來學藝的，不是來當廚師的！」明峰不停哇哇叫，卻還是在蕙娘的指導下，煮了一桌滿滿的菜。

「從很難吃進步到普通難吃了。」麒麟吃完了整桌的菜，擦了擦嘴。

「妳整桌通掃，還嫌難吃?!」明峰拿著鍋鏟怒道。

「反正我對你的期待也不高。」麒麟嘆了口氣，「喂，你想學正統道術是吧？有實戰經驗沒有？」

「一點點。」他有些難堪地回答。

「我猜猜看，你背了滿肚子的咒語，但臨敵之際就忘得乾乾淨淨，然後一面炸火符一面喊救命逃跑，對吧？」她很沒禮貌地大笑起來。

「需要笑到眼淚、鼻涕都流出來嗎？」他的青筋都爆出來了。

麒麟擦了擦眼淚，「好吧！別說你到這兒只當我的小廝，今天晚上有個大任務，我就帶你去吧！讓你看看正宗的道家手段！」她很神氣地將頭一揚。

接下來，明峰千盼萬盼，就是盼不到天黑。好不容易天色暗了下來，麒麟又在房裡摸索了半天，想來是準備法器，他連催也不敢催。

想想初見面的時候，她那霹靂手段……（笑死人的咒語就先忘掉好了）讓她準備成這個樣子，會是怎樣的大妖魔呢？

好不容易等她開了門，他當場傻眼。只見她妝容精緻，穿著入時華貴的禮服，前露胸、後露背，不像是要去收妖，倒像是要去參加時尚派對。

她的身材好得不得了，波濤洶湧的，一件開高叉的長裙鬧得玉樣渾圓的大腿忽隱忽現……左看看，右看看，全身不像是藏了法器，不要告訴他那只小到連手機都擺不進去的珠包可以擺法器……

不對不對！說不定她的皮包跟小叮噹的百寶袋一樣，隨便一掏就有收妖的仙器也說不定……

「走吧！」她雍容華貴地走了出去，計程車已在外恭候多時。

收妖搭計程車好嗎？看來她雖然散漫，卻還是懂得因應人間的規矩，他是熟背防災法則的，當中就有「不引人注目」這條。

只是，她穿這樣，算不算引人注目？

正在胡思亂想，車子已經開到高級住宅區，廣大的社區門口有保全、警衛，非得要刷卡或者等主人來電才可放行的超高級住宅區。

說也奇怪，計程車居然筆直地開進關閉著的鐵欄杆大門，輕鬆得就像是穿過一層幻影。

「那個大門是雷射投影？」他像是看到鬼，手指顫抖地指著大門。

計程車司機笑了起來，「小哥是第一回出任務？」

「可不是。」麒麟拿起粉盒，往後一丟，正好砸中鐵門。「噹！」地一聲好結實，緊接著鈴聲大作，警衛大群地湧出來，如臨大敵。

「我我我……我們……他他他……他們……」明峰揮著手，自己也不懂自己的手勢。

「小孩子就是小孩子。」麒麟嘆息，「見不得一點陣仗。」

話不是這樣講的吧？穿門而過耶！若無其事才奇怪吧？

蕙娘覷了明峰一眼，吃吃笑了起來，「主子，妳說得是。這孩子的確有意思。」

麒麟嬌媚地一笑，「胡伯伯，我懶得動，幫我開到那戶兒裡吧！」

於是，計程車就像鬼魅一般，穿過了幾堵牆，筆直地開進一戶別墅的大廳裡。

頭昏腦脹地下了車，瞧見麒麟正在給錢，不看還好，一看差點腿軟。她付給計程車司機的是……是……紙錢?!

「承蒙照顧。」計程車司機推了推帽子，冒出了幾朵慘青的火花，「要叫車再call我就行了。」

接著，偌大的計程車居然消失得無影無蹤。

明峰只覺得兩條腿兒似果凍，又覺得汗毛豎了起來，惹得蕙娘噗哧一聲笑了出來，

「小哥，我跟胡伯伯也很類似，你怎麼怕他不怕我？」

呃……現在他怕了。

「唷——我道是誰呢！」嬌俏的聲音響起，「果然是麒麟種，我下這麼多防制，還是防不住妳呀！」

只見一個麗人襲著一陣香風而來，眉眼梢頭盡是魅惑。明峰原本有些痴迷地上前兩步，突然覺得一股惡寒，忍不住往後退。

「小兄弟，怎麼怕了？」麗人嫣然一笑，「過來呀！怕我吃了你？」

明峰雖然覺得她很美，但是自幼讓妖異纏了半輩子，他對於這種帶惡意的妖異特別敏感。說起來，有幾分像是野生動物的直覺。

「那也不見得。」麒麟挺胸縮腹，擺出美女的架勢，「誰不知道心宿狐君最愛處男呢？可惜有我在這兒，輪不到妳稱豔羆了！」

麗人聞言，不禁大怒，也挺起胸膛，盡撒豔光，兩個女人像是開屏孔雀，一聲不響地鬥起豔麗。

只見兩個女子越來越美，越來越豔，豔到光芒四射，讓明峰連眼睛都快睜不開了，只覺得眼前一片白花花的。

美到讓人盲目，原來是美豔的極致啊……

幸好蕙娘遞了副墨鏡，不然他非瞎不可！他瞠目結舌地看著這場詭異的鬥法，最後心宿狐君搖搖欲墜，掩面大叫，「可恨！可恨！我豔冠群芳數千年，居然敗給妳的『背景千花萬朵網點大法』！」

明峰的額角不禁掛了幾條黑線，只見麒麟身後變換著各式網點描繪出來的奇珍花朵，真像是少女漫畫的主角——

「星君，鬥法妳也輸了我。」麒麟非常趾高氣揚地背著沉重的大朵玫瑰，幾乎塞滿了半個大廳，「還是聽我的勸告，快快住手吧！女人當禍水的年代已經過去，妳以為長得美一點就是妲己再世了？人神殊途，人間自有人搗蛋，輪不到妳們啦！」

「哼，我也不過輸了一局，妳以為天天過年哦？」心宿狐傲氣地揚首，「要知道，我可是有王母之令下凡來擾亂世間的。誰讓這個小島的國主惹惱了她老人家？妳要收我，也得先問問我的靠山！」她杏眼圓睜，非常大氣地拍起桌子。

「妳說國主惱了王母，」麒麟收了玫瑰，好脾氣地開始談判，「那可是清光緒年間的事情。現在都民國若干年了？當時的國主死得骨頭都可以打鼓了，現在才追討舊債會不會有點晚？星君，妳下凡並不是遵了天帝的諭令，只是仗著王母靠山硬而已，我好生對妳說，妳也給奴家一個面子……」

談判一開，足足談了兩個小時，起初明峰還有些驚嚇，後來越聽越無趣，真的比什麼高峰會議還無聊百倍（雖然無聊的程度是差不多啦！）。起初還站著聽，然後他和蕙娘一起坐著，實在坐不住，兩個人（不對！一人一式神）摸到人家的廚房開始做蛋糕、泡紅茶。

等蛋糕烤好了，大家坐下來休息，吃點心喝茶，吃完了繼續「談判」。

「星君，我敬重妳是二十八星宿之一，好言相勸多回，妳到底要怎樣？」耐性很好的麒麟終於有點動怒了。

「妳是什麼東西？」心宿狐一拍桌子，「輪得到妳勸我？」

麒麟的耐性終於耗盡，不顧自己穿著隨時會曝光的長裙，一跳跳到桌子上，很流氓地將長裙一翻：「既然妳誠心誠意的問了，我就大發慈悲的告訴妳，為了防止世界被破壞，為了維護世界的和平，貫徹愛與真實的邪惡，迷人又可愛的反派角色……※」

突然一陣雷閃電光，夾雜著高分貝的哇哇大叫，只見一神人狼狽不堪地揮手，「住口！老孫知道了！妳別念了，別念了！聽到沒有？」

「太祖……」麒麟揮揮手，笑咪咪地打招呼，只見那個神人正在大嚷，把她的問候打斷了。

「夠了夠了夠了！」神人雙手亂揮，「我知道了！又是什麼事？」

這是請神嗎？明峰嚇得坐在地上。他知道怎麼請神，但是頂多能請到神通力，而這可是貨真價實、一點打折也沒有地將神明請下凡耶！

為什麼那種蠢到爆的卡通對白可以請神啊？到底為什麼啊……

「大聖爺，」麒麟滿臉無辜，「心宿狐無詔下凡擾亂人間……」

來者果然是齊天大聖孫悟空，他惡狠狠地瞪了心宿狐一眼，星君被他一嚇，雙膝癱軟跪下，「大聖爺爺，我……我可是有王母懿旨的。」

孫大聖抱著腦袋，細聲咬牙對麒麟說，「妳一定要惹後台這麼硬的嗎？」

麒麟一攤手，「那就沒辦法了。」她蹙起秀眉，足踏禹步，拈著手訣，「既然妳誠心誠意的問了……」

「哇呀呀……哇哇哇……」大聖大嚷大叫地亂她的「咒」（若那算咒的話），「我知道了！我知道了！莫念！莫念！」

他氣得從耳朵裡掏出金箍棒，往地上一頓，入地有三尺之深。「死狐媚子！伸出狐手來，讓老孫打個五下散心！」

心宿狐聽了，骨軟筋柔，婉轉嬌啼起來，「大大大聖爺爺……您那棒重，小女子哪挨得上半下？這這這……這不關小女子的事呀，奴家也是聽旨辦事的，王母她……」

「厚！」孫大聖發狠了，「幾時天界輪到牝雞司晨了？妳好歹也等天帝那老小子掛了，再拿王母那婆娘壓我！妳也不去打聽打聽，老孫鬧天宮的時候，可怕過誰了？現在當了和尚，更是誰也不怕了！有種就去佛祖那兒揭我的短！這擅離天界、干擾諭令，誰的過兒大點，還說不定呢！」

※出自《神奇寶貝》動畫，反派角色「火箭隊」的開場白台詞。

大聖爺火起，是誰也扛不住的！心宿狐怕了，趕緊化為流光飛走，但還是掃到一點點棒尾風，差點沒把脊背給打斷。這一回去，養傷養了千年還養不回來，王母知道了，也只能咬牙切齒，卻也有些害怕那潑猴的火性，不敢真的撕破臉。此是後話。

趕走了心宿狐，大聖爺頹喪地垂下肩膀，越想越氣。他畢竟聰明智慧，當了這些年和尚，越發圓滑世故，若不是麒麟掌著他的弱點，他也不肯跟王母對立。

天界的政治關係錯綜複雜，錯個一絲半點可就麻煩大了。怕未必怕，就是黏手，王母心胸狹窄又愛記恨，惹了這婆娘，將來日子更難過了。

越想越生氣，他忍不住哇哇大叫，「一棒結束了妳這孽障就完事了！當初真不該……」

「太祖婆婆，」麒麟笑嘻嘻，「若打死了玄孫女，最後一點苗裔也沒了。」

「哇呀呀！」孫大聖暴跳如雷，「什麼太祖婆婆？叫太祖爺爺！妳敢到處去說？妳這欠教訓的死小孩！」

「我可什麼都沒講哦！」麒麟無辜地伸起雙手，「我沒說某神人在當妖怪的時候，化身美女想騙個人吃；我也沒說她那時喝酒醉了，人沒吃著，倒是懷了個孩子；我也沒說那孩子是我的祖先……我啥也沒說唷！」

麒麟大姊，妳這不等於都說了嗎？

只見孫大聖瞪著火眼金睛，一副準備殺人滅口的模樣，明峰倒抽一口冷氣，捂住耳朵，「我啥也沒聽到！」

蕙娘笑著上前解圍，「大聖爺爺，這事兒多少人知道了？就您怕人說罷了。唬小孩兒做什麼？還是回我們家，蕙娘釀了酒，就巴望您來呢！再炒兩個下酒菜，如何？難得您有空，我們可是盼很久了……」

大聖爺本來就是好奉承的，蕙娘一套溫言軟語，說得他火氣全消，「蕙娘啊，妳還像我玄孫女兒一些。那個不穩重的，不知道像了誰了！」

唉！那種不怕闖禍的個性，不就跟您像了個十足十嗎？

麒麟搔了搔頭，邊打呵欠邊喚「計程車」。還是老胡當班，瞧見是大聖爺，嚇得差點把車開回去。

「需要怕得跟鬼一樣嗎?!」大聖爺吹鬍子瞪眼睛。

「不不不不敢……」老胡戰戰兢兢地親自下來開車門，「您您您老請上車……」

「說起來妳這女孩子真不像話。」大聖爺坐進來後牢騷不斷，「需要叫鬼車嗎？妳當妳誰啊？妳好歹也是個人，被陰氣侵襲久了於己有害。聽說十殿閻羅還時時和妳會酒，有沒有這回事？是嫌活太長嗎？」

「太祖婆婆，妳年紀大了，養出了嘮叨個性。」麒麟悶悶地回答。

「誰讓妳喊太祖婆婆？喊太祖爺爺！」

明峰坐在計程車裡，這才仔細往外望。老天！難怪他來的時候完全沒有停紅燈的感覺，因為他們借道冥界，才能如此快速往返。

這很像是現代版的「百鬼夜行」，他低下頭，不敢再看飄在窗外的是啥了。好不容易回到家，他一下車，頭暈目眩的，馬上吐了。

「瞧瞧，這才是正經人類該有的反應。」大聖爺發怒，「妳這女孩兒，哪有一點人氣？坐鬼車一點氣色都不改，要妳正經修煉也不幹，要妳像平常人嫁人也不幹，妳到底想怎樣？」

麒麟嘆了口氣，就是怕這樣的嘮叨，她才耐心地試圖說服心宿狐，不到最後關頭，她哪肯用這種終極手段？讓爺這麼念下去，一定沒完沒了！

當真是請神容易送神難啊！

「蕙娘啊，」她哀求，「快把妳的鬼釀拿出來給太祖爺爺喝吧！」

蕙娘會意，笑著將鬼釀拿出來，一開樽，暗香撲鼻，涼冽入心，令人精神為之一振，加上一手好廚藝，安撫得大聖爺服服貼貼。

「酒也有了，菜也有了，」她溫柔地笑著，「蕙娘說個故事，替不入流的酒菜增色吧！」

「嘖，妳這丫頭，次次都要編派我。」大聖爺雖然抱怨著，火氣卻平了些。

蕙娘笑了笑，說了個故事——

話說，某妖神未列仙籍之前，雖有偌大神通，卻也交了一票妖精朋友因而學壞，雖然習慣吃素，卻也趕時髦吃個人肉什麼的，換換口味。

當時的妖怪認為吃人肉是很流行的事情，謂之「人獵」，妖神怕人家笑話，偶爾也吃個人來應時，有時候變成宅院，被迷惑的人若進了門，一口食之；有時候變成美女，勾引行人吃了。

這日，他化身美女，勾引了一個書生。書生帶著家傳的好酒和妖怪美女共歡，妖怪美女不勝酒力，人還沒吃到，反倒跟書生燕好；天亮時，書生發現枕邊人成了妖怪，嚇得逃跑，妖神雖然可惜沒吃到人，但他本來對人肉興趣就不高，也就罷了。

本來想恢復原形，卻發現無法恢復男身，大驚之餘，才發現一夜風流居然有了孽種。指天罵地一陣，無可奈何，只好忍氣吞聲地懷胎九月，等著生產。

臨盆之際，剛好附近孽龍為患，起了大水。妖神強忍著陣痛，散髮赤足，拿著棒子去找孽龍算帳，因為他臨盆在即，力氣弱了，所以孽龍被打了百來下卻沒死，奄奄一息，哭著自願鎮守在江口，永除水患。

散髮赤足的美女在江上痛打孽龍，是百姓們都看到的。當大水退了，百姓集資蓋了「水母娘娘廟」，至今猶有香火……

明峰聽得津津有味，卻看蕙娘就此打住，不禁問她，「那孩子生下來沒有？」

「生倒是生下來了，」蕙娘笑著，「『水母娘娘』乘著龍，半雲半霧地將孩子送到姓甄的書生家裡。聽說回去的時候，還頻頻回頭拭淚呢！」

「拭淚可是萬萬沒有的！」大聖爺咬牙罵了起來。

「爺，這麼多年了，我一直想問，」麒麟喝著酒，「那妖神本領那麼大，一塊血肉而已，不至於墜不下來吧？何必忍辱含氣地生下來呢？」

孫大聖愣了愣，搖晃著酒杯，讓碧陰陰的鬼釀在白玉杯裡蕩漾著。「因為太可恨了。」

的確，實在太可恨了！不過數日罷了，就有了心跳，月餘就有了元神，知道要依戀母親。真是太可恨了！可恨他一個男兒身，卻經過了這種相依為命的婆娘日子。

懷抱在懷裡，那肉兒會哭會笑，眼底映著整個天光，可恨的可愛啊！偶爾傳下的一點種子，居然在人間過了千代，綿延不絕，成了他最後的牽絆，總是要回頭眷顧。

可恨！太可恨了！

「因為可恨啊……」麒麟笑笑，「的確是這樣可恨又可愛的世間。玄孫女彈個琵琶，為這樣的夜色做個註解吧！」

她早脫去了晚禮服，洗了胭脂，散著還飄蕩花香的長髮，赤著粉嫩的足，穿著細肩帶運動上衣和短褲，只懷抱著古舊的琵琶，錚錚然，聲聲哀戚。

不知道為什麼，這樣的姿容，卻異樣的協調、美麗，和冉冉直達天聽的琵琶聲、融蝕在大氣裡的青草芳香，渾然成一體。

幾千年過去了，月還是相同的月，雲還是相同的雲，琵琶，也還是相同溫柔的哀戚，真是古典風雅又感傷的月夜……

只是，這古典風雅也太短了，不到一個鐘頭，兩個喝醉的爺孫開始大吵大鬧，死命彈著琵琶，還吼著唱，「脫掉脫掉！統統脫掉……」

而且雖然蕙娘拚命勸阻，明峰還是讓這對「不尊重」的爺孫灌了很多很多酒，幾乎醉死的時候，他哀叫了。

「讓我回去當圖書館員吧——」

二、最強之咒?!

解決了心月狐以後，沒幾天，蕙娘帶著明峰忙進忙出的，忙著整理行李。

明峰不知道算是認命了還是絕望了，悶聲不響地跟著蕙娘忙碌，但是看行李越打理越多，還是覺得有點不對勁。

「是怎樣？」他連自己的行李都得打包，「要搬家？」

「什麼搬家？」蕙娘賢慧地將紙箱貼上標籤，「是回家啦！」

……這天天鬧妖怪的廢山村不是麒麟的家？

「回哪兒啊？」他胡裡胡塗地幫著搬，「我以為這裡就是她的家了。」

「噗——」蕙娘笑出來，「咱們麒麟大人滿世界亂跑，到底還是有個家的，這都城有能人管理，她只算是個小客居。若不是你來了，她還沒得收妖，天天嚷悶呢！也難怪，活動慣的人了，是不能太安逸，每次休假她都得病上一場，幸虧你來了，不然非病倒一陣子。」

「病？」明峰沒好氣地大叫，「是病酒吧？妳能不能叫她別抱著酒瓶睡覺啊？漂漂亮亮的女孩，抱著瓶月之露像什麼樣子？我看她是有病，這病叫酒鬼！天啊，這也是個學道的樣子？」

「酒肉腸間過，佛在心頭坐。」精神委靡的麒麟抱著空酒瓶走進客廳，還是穿著細肩帶短褲，又披著皮大衣。

明峰現在才知道，不是她耍帥，而是起床懶得換睡衣，隨便拉了件大衣披著。

「我餓了。」她很大牌地往沙發一坐，沒精打采地哀怨。「明峰，我要荷包蛋火腿和煎得嫩嫩的漢堡肉。早起喝日本酒不太好……給我一杯啤酒吧！」

「醉死妳算啦！」明峰很氣，「妳幹嘛不泡個啤酒浴？洗澡醉死一兼兩顧！」

「你若幫我弄的話，泡泡看也可以。」麒麟打了個大呵欠。

明峰氣得發愣了一下才轉頭對著蕙娘大嚷，「我受不了了！我這就回總部要求調職！聽說她是個高手，本事大得很，但妳看看她這樣兒……」

嘴裡一面罵著，卻還是走到廚房開始做早飯。

蕙娘心裡暗笑，「別這樣，她本事的確很大，工作壓力也很重呢！她每工作四年，才休息一年，工作的時候，滴酒不沾，所以累積了四年的酒癮……你就讓她散散心吧！」

「什麼工作那麼緊張？」明峰牢騷滿腹地煎荷包蛋，「像是擒拿十大槍擊要犯那麼了不起嗎？」

「那輪不到我們管。」蕙娘幫著切火腿，「她主要是管精神異常的魔、墮落的神仙、膽大妄為的妖靈在世界各地犯下的恐怖行動。」

蕙娘從冰箱拿出牛奶，「她是這方面的談判專家，也是帶頭攻堅的高手。」

「什麼？」明峰瞪大眼睛，「紅十字會沒人了嗎？派到她？」

「你別拿休假時的表現當標準嘛！」蕙娘好心提醒，「你的蛋快要成皮鞋底了。」

沒好氣地做好了早餐，卻看見麒麟病懨懨地撥著盤子，厭惡地推開牛奶，「我的啤酒呢？啤酒！啤酒！啤酒……」開始大吵大鬧地拿湯匙敲盤子。

這個爛酒鬼會是談判專家兼攻堅好手？讓他死了算了！

「我想跟從的是嚴謹的道術老師啊！」明峰吼了出來。

「她的七十二地煞術可是祖傳的正宗唷！」蕙娘笑咪咪地說。

明峰只感到一股惡寒，想到那個把他當蟋蟀灌，險些醉死的大聖爺……

「這種『正宗』還是算了吧！」

＊　　＊　　＊

本來打電話回紅十字會大跳大叫，就是想要回去重新找份適合的工作，哪知道洋鬼子老師一陣乾笑，「一來是目前沒有缺，連圖書館員都有了；二來……」

「啥?!」明峰感到一陣絕望，連圖書館員都沒得做了？

「再者，」洋鬼子老師咳了一聲，「禁咒師對你很滿意。」

「蝦米?!」明峰暴跳如雷，「媽的，我來這兒她什麼也沒教我，她對我的廚藝很滿意是吧？我又沒打算當廚師！」

「不，」洋鬼子老師冒汗了，「她對你吸引妖怪的本事很滿意。」

「你們把我當什麼，妖怪專用捕蠅紙嗎？厚！我是要學習正宗的道術，你們……」

「別這樣發火嘛！」洋鬼子老師陪笑，「她手下也教出不少好學生，只是剛好現在在休假，是比較散了些……你還記得『三角洲大騷動』嗎？」

「我的『裡世界史』念得很好。」明峰沒好氣地應。

他當然知道那回事！百慕達三角洲自古以來都有妖魔作祟，擄掠的人類數量驚人，紅十字會對此傷透腦筋，在二十世紀末派遣了特種部隊消滅了盤據已久的妖魔軍團。

「講是講特種部隊，」洋鬼子老師抹了抹汗，「事實上那支特種部隊也只有一個人和一群式神。你不了解，你跟隨的老師可是擁有最強的咒，一個字就可以讓妖魔軍團灰飛煙滅。」

一個字的最強之咒？

明峰掛了電話，他跟洋鬼子老師學習了幾年歷史，知道他雖然滿臉笑容，遇人就「親愛的」、「甜心」地滿嘴甜言蜜語，為人倒是很方正，不會信口胡說。

那個爛酒鬼會最強的一字咒？

他蹲在張著嘴呼呼大睡的麒麟身邊看了半天，實在看不出這個流口水的少女有這種本事。

「最強的咒？」蕙娘被問得有點不好意思，吃吃地笑了，「是有這麼回事。先別管這個，來幫我打包吧！」

她不願意講，卻一面打包一面笑個不停。

這群女人真是莫名其妙！

越是這樣，越勾起他的好奇心，也就暫時打消了離去的念頭。即使叫了鬼車來搬家，他還是強忍住暈車跟去了，雖然一到目的地他就吐了。

「這是哪兒？」他頭暈目眩地抬頭張望，只見草地修剪整齊，像個大公園似的，還有個舒服的洋樓。

「中興新村。」蕙娘將行李往屋裡搬，「小明峰，快幫著搬呀！」

「我們住這裡嗎？」他愣了一會兒，叫了出來。

「可不是。」蕙娘慇懃地對著還在揉眼睛的麒麟說：「主子，我們到了，先進屋睡吧！」

她丟了滿屋子狼藉，就先鋪好了麒麟的床，還先開了空調，這才服侍像是廢人似的麒麟睡下。

「妳會不會對她太好了啊？」明峰生氣了，「妳瞧瞧她！跟癱瘓了有什麼兩樣？妳幹嘛跟著這種廢人？她是把式神當什麼呀？」

如果他有這樣高貴美麗的式神，他才不會這樣罔顧神權哩！

如果，他能夠招式神的話……

蕙娘笑了笑，一雙美麗的眼睛閃著靈動的光，「你真是個好人。就跟麒麟一樣……」

「我才跟她不一樣！」

蕙娘一面整理行李，一面垂頭笑著，「怎麼說呢？我會認她為主，實在是因為……她很強。我不是說法術的強。論力，當初她收我的時候，也才中學畢業，能力還不穩定，再說，她也不過是跟著父輩去大陸掃墓，手邊空空沒有法器，怎鬥得過我這修行八百年的大殭屍呢？」

明峰差點跳起來。他出生道術世家（雖然說家業衰敗），多少還是有點見識，殭屍通常是無知無識的妖異，怪力驚人，但不登大雅之堂；然而潛居修行、保有靈識的殭屍可就不同了。因為曾為人身，能夠照道術修煉，卻屬妖類可行採捕，每吃一人就可增加功力，能夠修過百年就已經很棘手了，何況是八百年的殭屍！

原本以為她是鬼靈，沒想到是殭屍！他嚇得貼在牆壁上，只能喘氣眨眼。

「怕什麼？」蕙娘噗哧一笑，「要吃你，還留到現在？我自願跟從麒麟以後，就誓願不再吃人。論修行，也夠了，殭屍怎麼修都不成正果；論飲食，什麼不能滋養，非吃人不可？」

她的目光變得悠遠，「來吧！勤快些，我們趕緊把東西整理整理，再說個故事給你解解悶吧！」

「要說我是怎麼變成殭屍的，我倒也不很記得。但是前世的事情記得清清楚楚。宋朝時，豪富間頗流行『廚娘』。所謂廚娘，倒像現在的主廚，只是更清貴了，若是做得賓主盡歡，人人讚嘆，是得宣出廚娘當眾打賞。一等廚娘的架子，可比那五、六品的小官還大些，往來皆顯貴，怎能不顯出泱泱大度的樣子？

真正的廚娘並不下廚，只是吩咐指揮。要能吩咐指揮，自己手上的工夫也要有一些，在當時，我也算是色藝俱美，名動京城、數一數二的廚娘了。

只是你知道，人若醉心於某事某物，過分執著，就會漸漸入魔。起初只是用雞鴨牛羊，漸漸的，非魚翅熊掌不入菜單，然後又覺得這些富貴食物俗了，開始蒐羅奇珍異獸，天下能用的食材，都讓我用盡了，想來應是殺孽過重，所以招了邪祟在心……最後用了人家打下來的胎兒，喚作『紫河車』，用了一陣子，覺得味道太淡，就買了嬰兒來做菜。現在想想，那時像是讓饕餮附了身，只是狂著廚藝。買來的嬰兒不滿足，我又想殺了婢女，就因為她手膀子好入菜，結果讓婢女逃生，東窗事發，被抓到牢裡。

在牢裡哪有廚房讓我做菜？我終於忍不住這種煎熬，用衣帶上吊了。也不知道昏暈多久，我醒過來時，發現自己在亂葬崗裡。只見十爪烏黑，刨開棺材像是刨豆腐似的，好久以後才知道自己死了呢！但那時哪想到這些，只知道我又可以做菜了，高興得不得了。

不知道殺了多少人烹煮後，我才漸漸了解自己成了殭屍。若是讓道士收了，我還能做菜嗎？所以就混跡人群，小心翼翼地度日……」

明峰聽得嘴巴闔不起來。他說不定是第一個聽到殭屍告白的人類……不不不，麒麟應該也聽過，他是第二人。

「後來呢？」他真聽到傻了，就算扛著衣櫥鞋櫃都沒感覺。

「然後嗎？」蕙娘打點著廚房的餐具，「然後我遇到了麒麟……」

那一年，麒麟國中剛畢業，陪父輩回鄉掃墓。而蕙娘則隱姓埋名地在鄉間開了家小小的餐館，誰也不知道這個廚藝極佳的廚子是個殭屍。

麒麟吃完了整桌菜，摸到廚房，倚著門框瞅著蕙娘。

被她看得發毛，蕙娘陪笑，「小姐，餐點有什麼不好的地方？」

「好吃得很，非常好吃。」年紀尚幼的麒麟眼睛清澈得讓人不敢直視，「但是這菜……很寂寞啊！寂寞得讓人發狂。」

蕙娘呆望了她好一會兒，早就不會跳的心，居然發痛起來。

「不管用什麼食材，妳也不會滿足吧？」麒麟滿眼的悲憫，「因為廚房不是一切。除了廚房，這世界很大，妳看過沒有？」

廚房，不就是一切嗎？她打從出生就該當廚娘，三歲就開始拿菜刀，廚房是她唯一知道的地方，也是她唯一敢去的地方啊！是她生存的意義，她的一切……

「這才不是一切。」麒麟拿過蕙娘手裡的菜刀，溫柔地摸著她的頭，「這世界很大，妳看過沒有？」

「沒有。」蕙娘呆呆地回答，「我沒有。」

「妳要跟我走嗎？」麒麟溫柔地抱住她。

「我跟妳走……」

明峰聽到這兒，茫然地問：「然後呢？」

「我跟她走了呀！」蕙娘很滿意地看著整理好的房間。

「就這樣?!」喂！三言兩語就把妳騙走了，妳有沒有點殭屍的自尊哪！（是說，殭屍的自尊是什麼？）

「你還小，不明白啦！」蕙娘咯咯笑著，「這是很強的咒啊！」

「哪裡？哪裡啊？我怎麼沒聽到啊？」明峰莫名其妙地抱著頭，啊——好難明白啊！

「溫柔的話語就是很強的咒語啊！」蕙娘正經地豎起食指。

「妳不要學麒麟都拿《陰陽師》來唬爛我！」

＊　　＊　　＊

被蕙娘哄了半天，明峰還是不知道麒麟有什麼最強之咒。

不過他也絕望了，開始有些自暴自棄，反正「照顧」麒麟很簡單，她只要有飯吃、有酒喝、有床睡，這樣就是一天了。偶爾有被吸引來的妖異或妖怪，她才會興致勃勃地跳起來「玩」可憐的妖怪。

真的很可憐，總是把妖怪揍個半死，就晾在門外的曬衣竿上，等妖怪回氣了，岔岔地衝進來，她再粗暴地把牠打個半死，繼續晾在外面——據她說，因為心情好，所以不用念咒。

「妳是不是把打妖怪當成運動項目？」明知道妖怪是想把他吃下肚，他還是忍不住同情這些倒楣的妖怪。

「沒錯。」她頗遺憾地搖搖頭，「怎麼搞的？我都手下留情了，牠們不會再去邀些幫手哦？所以說，不管是人或者是妖怪都要有朋友嘛！平時可以談心，打架的時候可以助拳……」

朋友不是這樣用的吧？明峰頹下雙肩，深深地嘆口氣。「我去買菜。」他還這麼年輕，身後已經有了哀怨的陰影……

「啊，蕙娘陪你去吧！」雖然打得不太痛快，但是啤酒還是要痛快喝的。

「蕙娘在烤妳要吃的乳豬。」他實在無法忍耐了，「妳非把冰箱吃得五窮六絕不可嗎？妳正在吃最後一塊起士了！」

「可以的話，我也想有下酒菜啊！」麒麟不大滿意地皺眉，「要不是什麼都沒有，我怎麼會委屈到吃起士？」

冰箱什麼都沒有，是哪隻母蝗蟲害的？妳到底把東西吃到哪去了？身上沒有三兩肉，這根本就是糟蹋糧食吧？

「我走了。」明峰頹喪地推著菜籃走出去。為了不肯搭鬼車，他硬拗了一輛機車。

這小子很有趣，就是嘮叨了點……為什麼她認識的男人都這麼嘮叨呢？麒麟搖了搖頭，「蕙娘，明天鬼門開哦！妳要跟明峰跟緊一點。」

正在烤乳豬的蕙娘伸出頭來，「今天就是鬼門開了吧？咦？明峰呢？他到哪去了？」

「啊？」在美食和懶惰當中掙扎了一會兒，「乳豬要烤好吃一點哦！」

接著，她懶懶地站起身，招了鬼車。「我去把那小子帶回來，省得他成了別人的烤乳豬！」

明峰到她身邊的時候，她的確很高興。從來沒看過這麼適合的誘餌，這種資質，根本就是採補妖的夢想。雖然她本身也是這樣的，但是兩個氣相同的人引起的效果不是相加，而是相乘。

不用出門就有妖怪沙包打，多好啊！但是在這個方位不利、時間不對的時候，讓他一個人亂跑，萬一被別人吃了，她會很困擾。

「老胡啊，開快點，晚點他就變成別人的盤中飧了！」

這時，明峰正覺得有點奇怪，騎過了熟悉的十字路口以後，他就覺得景物很陌生，路上的行人也很詭異。

到處都在排隊，站在馬路邊就開始吃流水席。最近有選舉嗎？好像沒有耶！抬頭看路牌，也很詭異，什麼陰水路、刀山二街……台中有這地名嗎？

一停紅燈，他低頭想把地圖拿出來，怪了，怎麼都騎不到菜市場？這時，旁邊騎著機車的可愛小姐一直對他笑，他瞥見了，也靦覥地笑了笑。

那個可愛小姐乾脆對他眨眨眼，他轉頭看看，發現停紅燈的人都在對他笑。台中真是個友善的城市。

「請問，菜市場要往哪兒走？」他不好意思地收起地圖，「我剛搬來不久，找不到路……」

可愛小姐扯了扯他的袖子，「你過來，我載你去！」

「喂，為什麼是妳載？我啦！我啦！我載你去……」

「不不不，我的車比較舒服，我載你去！」同樣停紅燈的機車騎士們七嘴八舌地吵起來。

「我自己騎去就好了。」他有些慌張地擺手，「不過是買幾斤肉……」

「肉？」可愛小姐笑得更開懷，指甲幾乎掐進他的手臂，「這不就有上好的肉嗎？」

接著，臉色一變，非常猙獰地撲了過來。

明峰一嚇，悽慘地尖叫一聲，不由自主地猛催油門，立刻就「翹孤輪」地從車水馬龍的馬路衝了出去。

他完全不敢回頭看，只是猛衝，慌不擇路的結果，讓他撞上了安全島。

頭暈目眩地掙扎起身，幸好只是擦傷，他無意識地往後一看，只見黑壓壓的一大群「人」，獰笑著緩緩逼過來……

一摸口袋，馬上絕望了，忘記咒語就算了，還忘記補充火符，這下真的死定了！閉上眼睛，他實在不忍心看著自己的末路……

「喂，斬節一點。」那懶洋洋又不開心的聲音很熟悉，「我家的蒼蠅紙是給你們隨便吃的？」

只見麒麟披著皮大衣，很有氣勢地攔在前面，「多少尊重一下好不好？所謂打狗也得看主人……」

明峰忘了害怕，「喂！誰是妳家的狗啊？」

「到嘴的肉，哪有讓妳三言兩語就打發的！」眾鬼喧囂起來，「妳在陽界囂張就算了，冥界輪得到妳嗎？滾邊去！」

「太不把我放在眼底了！」麒麟大怒，「我以太祖爺爺美猴王的名義起誓，非滅了你們不可！」

雖然聽聞過麒麟的威名，但是明峰誤闖冥界，陽人在冥界裡的法力不到一半，鬼眾又多，所以一點也不畏懼，對著她狂囂，「怕妳怎樣？正嫌一個不夠吃！大夥兒上，當作普渡吧！」

眾鬼一湧而上，黑壓壓真如狂濤洶湧一般，正在命懸一髮之際，只見麒麟不慌不忙地拿出擴音器，大喝：「滾——」

這聲怒吼加上擴音器的幫忙，真如凶器一般，狂風似地吹散了鬼眾，連街道、房子、車子都像紙糊似的片片翻起剝落，方圓百里內成了一片白地，滿天車啊、房啊、鬼啊地亂飛。

麒麟豎起中指，「呿，早跟十殿閻羅說過了，別圖省錢，城市還是石頭磚塊蓋的好。弄這什麼紙糊的房子、車子……」

是的，明峰終於見識了麒麟最強的咒語。

驚魂甫定地回到家裡，他馬上衝去打電話，歇斯底里地對著洋鬼子老師大吼：「快解雇那個圖書館員！我寧願回去當圖書館員！救命啊……」

三、擁有魔物的卡片

「蕙娘——」癱在二樓床上的麒麟拉長了嗓子，「別讓明峰晾我的內褲哦！太便宜他了！」

站在草地上正在晾被單的明峰發昏了，「靠！為什麼我要晾妳的內褲？妳會不會想太多啊？」

「啊……」麒麟從床上滾下來，掛在欄杆上，「你不要藉機偷洗我的內褲。讓男人摸過我不敢穿。」

明峰氣得發抖，「妳真的是女的嗎？是女人就自己洗自己的內褲，不要讓蕙娘和我忙個半死！妳這個任性又懶惰的女人！」

「好了啦！」蕙娘溫柔地勸著，「麒麟害羞，她的意思是不要讓你太累啦！」

「我沒有哦！」麒麟掛在欄杆上，有氣無力地拌嘴。「男人生來不服侍女人，那男人這種生物的生存意義在哪？」

「妳聽聽看，蕙娘，妳為什麼要跟這種破爛主子？這種女人沒有一點女人樣子！」明峰眼淚汪汪的，「為什麼妳這麼溫柔勤快，那傢伙只有臉皮還像女人？要娶就得娶蕙娘這樣的人，千萬不要有瞎了眼的男人娶樓上的那一個……」

明峰，我是殭屍，是可以嫁誰啊？

蕙娘苦笑著摸著明峰的頭，「乖乖，她只是嘴巴壞一點，麒麟的心地很好啊！」

明峰乾脆抱著蕙娘大哭，「我受不了了啦！我今天就要回紅十字會去……」

麒麟倒是看得津津有味，掏出床頭冰箱裡的梅酒。「小子，現在不流行勾起女人母愛把妹的老套了。」

「妳……」明峰氣得話都不會講了，指著麒麟大跳大叫。

蕙娘默默地把衣服晾好。自從他來了以後，家裡熱鬧了好幾倍，真像大聖爺長住在這兒一樣……

她突然有點懷念以前安靜的日子。

＊　　＊　　＊

明峰真搞不懂自己，為什麼不趕緊打包回紅十字會？就算圖書館員沒得做，憑他在校的優秀成績，最少也可以撈個文職幹吧？

但是，他就是有點兒不服氣。大家都誇那個懶惰的笨女人本事如何如何大，好吧，她是很行，但那只是她本身能力很行，不是靠道術的力量，只不過借道術之名，弄點似是而非的噱頭。

他這個正統茅山派傳人是萬萬不能夠承認的！（雖然他不知道不承認和不離開有什麼關係，也不知道每次辭行的時候麒麟就對他下言靈。其實他是很可憐的，他的資質被麒麟看上了……）

只是每次削一大籮筐的馬鈴薯時，他都會氣餒地想著不如歸去。

唉！烤箱烤著杏仁餅乾，手裡削著馬鈴薯……他越來越像家庭煮夫了。嗚……他才二十一歲耶！為什麼已經被那死女人折磨得像個歐吉桑？他好想休假啊！

「……我在休假中！」

麒麟突來的咆哮差點害他削到手，正在削胡蘿蔔的蕙娘則是拍拍額頭，「唉，又來了……這些官僚真煩！」

「別這樣，禁咒師，如果您不管的話，自殺的死亡率會越來越高的！求求您大發慈悲……」一個年輕卻又有磁性的男聲響起，聲音很是焦慮。

「早知道就別幫你們了。」麒麟老大不耐煩，「幫了幾次就像是欠你們似的，不是跟你們說過了嗎？只要禁止信用貸款就好了，這才是大病根，去了這個病根才是治本的方法啦！」

「麒麟大人，您明明知道這不可能……」

「囉唆！不可能就一定會死人啊！老是來煩我幹嘛？死又不是死我家的人，告訴你，老娘不幹那種治標不治本的麻煩事情啦！」

「麒麟大人……」

「煩死了！煩死了！」麒麟一面發著牢騷，一面推門進廚房，「杏仁餅乾能吃了嗎？我好餓啊！」

「妳中午吃了三大碗公的炒麵，現在才幾點啊？」明峰罵歸罵，還是氣呼呼地打開烤箱，把杏仁餅乾拿出來放涼。

「三點了啊！該是吃午茶的時間。」麒麟捧起一整個烤盤的小餅乾，像是不覺得燙似的，一面打開冰箱，在腋下夾了一瓶冰透的葡萄酒。

「喝午茶還拿酒做啥？」明峰阻攔不及，平常懶得跟廢人一樣的麒麟，突然敏捷得像猴子，端了糧食就往窗外一跳。

「咿——」她做了個鬼臉，「這就是我的茶！反正都是液體，就別計較了。」

幾個起落，她就逃了個無影無蹤，這時從客廳追進廚房的男人，只能愴然地看著了無蹤跡的遠方。幾片落葉飄下，徒增幾分尷尬的淒涼。

「呃……這位先生，」明峰起來招呼，「要不要喝點紅茶？我已經泡好了，反正吵著要喝茶的人已經跳窗逃逸了。」

帶著黑框眼鏡、斯斯文文的男人很客氣地回應，「啊，您是禁咒師的學生吧？幸會！」說著，一面遞上名片。

學生？是打雜的吧！不過叫學生……的確比較好聽一點。

只是，有這種老師真的很丟臉。

低頭看著名片，「都市計畫處，林雲生」，再看看地址……咦？是個在總統府辦公的公務員！

「您是……」明峰抬起頭，「您是裡世界的……」

「我是政府對裡世界的窗口。」林雲生很恭謹地點頭，「還沒問您貴姓。」

「我姓宋，宋明峰。」終於遇到知書達禮的人類，他心裡說不出有多感動，幾乎要落淚，「再來一杯茶吧？」

「茅山宋家？」林雲生鬆了口氣，「說起來算是同道，我是白蓮林家的。」

明峰「啊」了一聲，更覺得親切了。白蓮教在台灣也有傳人，雖然跟茅山派像是兩個難兄難弟，凋零得差不多了，但還是比尋常人親近些。

「難怪您當得起政府窗口。」明峰把藏起來的杏仁餅乾拿出來，「請用！」

「哪兒話，有辱家風，我這不成材的後人，只剩一點點靈力，還可以看看，其他的是啥都不會了。只是還記得祖訓，當個勤謹的公務員罷了。」

看他樣子是個老實認真的人，啊，好久沒看到正常人啦……

「林家也頗有些能人，又何必來求那個女……咳咳咳，我師父？」

林雲生為難地低了頭，「說實話，林家是還有些弟子，但是這事兒非同小可，讓人摸不著頭緒。似妖非妖，似魔非魔，每隔幾年就知道要出事了，但是我等能力低微，只能略有感應，眼睜睜看著死亡率節節高升罷了。」

雖說社會文明進步，產生許多副作用，憂鬱症或躁鬱症的患者有增無減，但是平日倒還能維持平和。不過，每隔三五年，就像是發作了流行性感冒似的，一窩蜂地鬧自殺，雖然新聞媒體還能含糊掩飾，但是統計數字卻非常怵目驚心。

「幾年前，實在鬧得太可怕了，死法又五花八門，短短兩個月，全島死了上萬人，實在破史上新高。我等束手無策，只好來哀求禁咒師。幸好她發了慈悲，這股熱潮才退燒了，但是……」他欲言又止。

「又來了嗎？」明峰也覺得驚心。

「是，又來了，這次比上回更厲害，短短半個月死了一萬五千人。想拜託禁咒師，偏偏她氣我們不聽她的，死都不肯幫忙……」

「聽她的？」明峰呆了一下，「禁止信用貸款？」

「對。」林雲生無可奈何，「這怎麼可能？而且信用貸款跟自殺率有什麼關係？又不是個個自殺的人都去借了錢。禁咒師忍心不管，我怎麼能？考進這國家機器，本來就不是圖個鐵飯碗而已。我們白蓮林家，對這世道還是得負點責任啊！雖然我什麼法術也不會，也不能夠這樣眼睜睜看著百姓這麼死去，看著死者親人哀痛欲絕……」

他抱著頭，痛苦莫名。

這人的人格真的很崇高耶！明峰按著他的肩膀，正氣說道：「林兄，咱們好歹也算是同道，我不敢說能做到什麼，但是我會盡力，好嗎？你先回去吧！那個死鬼靈精……呃，我是說我師父……她那兒由我來說服。你在這兒，她活像個地裡鬼……呃，我是說她無所不知，說什麼也不會回來的。」

「宋老弟，」林雲生感動得熱淚盈眶，「果然是宋家的熱心漢子！這一島生靈都在你手裡了！老哥替全島的黎民百姓謝過了！」

「老哥！」

「老弟！」

兩個熱血漢子抱頭痛哭，蕙娘鎮靜地削完了胡蘿蔔，又拖過一籃白蘿蔔開始削。

幸好她是殭屍，不怎麼需要飲食，肚裡沒吃什麼，不然看這兩個熱血到要奔夕陽的男人摟摟抱抱，她怕肚子裡的食物也忍不住要奔了出來。

那可是很傷胃的。

*　　*　　*

蕙娘默默地煮著咖哩飯，飯桌上的爭吵已經持續了一個鐘頭……她嘆了口氣，把咖哩飯端出去。「吃飯了。」

「我餓死了！」麒麟柳眉倒豎，「要吵也等我吃過飯再吵！」

「等一下！」等她吃飽還有什麼戲唱？當然要等她飢餓難耐的時候才能逼她就範啊！「妳想想，全島的性命都在妳手裡……」

「我不聽！我不聽！我就是不聽！」麒麟拚命搖頭，拿出連續劇女主角的氣魄來抗拒。

「不聽是吧？」明峰只好打出最後一張王牌，「我本來要告訴妳，飯後點心是冰透的、我手工揉的天然愛玉冰，既然妳不聽……」

握著湯匙的麒麟咬牙切齒地大叫，「你別以為這樣我就會屈服！」

「還有我剛弄到的，新鮮剛榨、冰得牙齒發疼的生啤酒。」明峰冷笑，「妳也知道我藏東西的技巧是不輸人的！」

忍了又忍，千忍百忍，麒麟抱著腦袋大叫，「我只能給你一點指示！其實你可以自己查辦的。」

這樣的結果雖然不滿意，但是勉強可以接受了。「妳會指導我吧？」

「我會！我會！」她拿著湯匙拚命敲盤子大吵大鬧，「愛玉冰！生啤酒！快拿出來！」

什麼偉大的禁咒師？鬼才信！看她連吃了三大盤咖哩飯，又吃了一大盆的愛玉冰，抱著一小桶生啤酒的樣子，他覺得自己真的很難尊敬這種女人。

「吃也吃完了，總可以告訴我了吧？」明峰吼著。

麒麟滿足地大嘆一口氣，「提示我早就給你啦！」

啥？她幾時提到食物以外的話？「妳以為吃進肚子裡就可以賴帳？」他的臉色變得很難看。

「我是那種賴皮人嗎？」麒麟把粉嫩的赤足大方地擱在茶几上，「我不是說過，『禁止信用貸款』就可以去禍根嗎？」

「這是哪一國的提示啊？」明峰氣得要冒煙了。

「你早晚都得獨當一面的，難道事事都要長官提示？這是個好機會，能夠讓你磨練磨練，反正是小事一樁……」麒麟開始打呵欠。

「其實妳只是懶吧？」明峰氣得發抖，「講那麼多好聽話，妳只是懶骨發作而已吧？」

「呃……這樣都被你看出來了，以後怎麼搪塞你呢？我爬到床上去好好想想好了……」

「甄麒麟！」明峰怒吼了，只是語氣中多了幾許絕望。

為什麼他要跟到這種鳥大師？除了無語問蒼天，是還可以做什麼？不過，也不能說她對他不好，為了怕他沒事又肉身下了冥界，她給了他護身符，保護他的人身安全。

（其實是怕少了他，就沒有自動送上門的妖怪沙包吧？）

不過她給的提示真的少得可憐，幸好林雲生大力支持，給了他不少機密資料，平常他又愛看《柯南》、《金田一》，所以還算知道往哪兒著手。

只是，一萬多個人的資料，雖然林雲生整理過，看起來還是很吃力。他越看越不對勁，並不是所有人都借了信用貸款，但是看著看著，卻有種越來越濃重的違和感。

這些人、這些資料中有種若有似無的妖氣，若是分開來看，一點感覺也沒有，但是一萬多筆湊在一起，原本稀薄到近乎沒有的妖氣，就會濃重一點點，略有靈感的人就感覺得到。

他終於明白，似妖非妖、似魔非魔的感受了。

光看資料只能感受到這些，麒麟又說「禁止信用貸款」是關鍵句……

想了很久，他突然想到有個堂兄也在台中，而且還是銀行貸款部門的。能夠造成這麼大規模的自裁，若是跟咒有關，那就跟每一家都有關吧？因為死亡的人口是全島都有的。

他馬上打電話和堂哥約時間，堂哥也很爽快，熱情地邀他吃中飯。

「我去銀行等你，方便嗎？」明峰趕緊打蛇隨棍上。

「來啊！我會說你是我的客戶，還可以乘機溜班。」堂哥笑得很大聲。

到了銀行，一爬上二樓貸款部，有種森冷的氣息撲了過來，他忙拿出火符，那種冷冰冰的感覺立刻消失了。

「你還活著啊？」堂哥頂頂明峰，「沒想到那種體質還可以活這麼久哦！」

「不好意思，讓你失望了，我還活得好好的。」他沒好氣地說。

不過，這頓飯還是吃得很開心，明峰離家久了，親戚的狀況一概不知道。因為青春期的時候非常不穩定，引來太多的靈異現象，為了不帶給別人麻煩，他選擇出國念書；久別重逢後，雖然堂哥嘴巴甚壞，但他還是很高興。

「怎麼會突然來找我？」吃完了飯，堂哥舒服地往後一靠，點了根菸，「要我介紹妹妹給你？」

明峰乾笑兩聲，「這……很久不見了嘛。對了，堂哥，你在銀行哪個部門？金飯碗，很不錯哦！」

「我在房貸部。」一向樂天的堂哥居然黯淡了一下，「要不是金飯碗，鬼才想待在那裡。」

「不是信用貸款部？」他裝作無意，「聽說這幾年信用貸款很賺錢耶！」

堂哥卻暴怒的起他的前襟，「你看我像是那種傷天害理的人嗎？我好歹還是宋家的子孫，肯賺這種黑心錢嗎？」

看他青筋都浮出來了，明峰真的嚇到了。「堂哥，這話怎麼說？」

堂哥愣了一下，嘿嘿笑了幾聲，只是笑聲裡完全沒有歡意。「唬你的，幹嘛嚇得臉都青了？」說完，便站身準備結帳。

「堂哥，請你告訴我，這很重要！」明峰扯著他的袖子。

堂哥死盯著地板，「唉！但我不只是宋家的子孫，也還是個銀行員。」掙扎了一會兒，他才說：「你辦過信用卡沒有？」

「我要那幹嘛？」明峰有些莫名其妙。

「哈哈哈！你的能力果然是我們同輩中最強的！」堂哥笑了一會兒，「還知道要迴避危險呢！去辦一張吧！」

他很凝重地看著明峰，「如果是你……你一定會發現的。去辦一張看看吧！」

看著堂哥遠去的背影，明峰還是摸不著頭緒。

是有人在信用卡裡下了咒？但是信用卡發行公司多如天上繁星，這樣大範圍的咒，是怎樣的眾生可以下得了的？

沉思了一會兒，他走到附近的銀行，決定辦一張信用卡。

只見服務台的小姐笑臉迎人地拿出資料讓他填，慇懃地拿了許多樣式不同的信用卡讓他選擇，滔滔不絕地鼓吹信用卡有多少了不起的好處。

但是，他一摸到信用卡，只覺得冷澈心扉，惡寒一陣陣湧上，眼前發黑，嘴唇發白，頭昏目眩地站起來，馬上吐了一地。

「老天！先生，你沒事吧？」小姐嚇得花容失色。

明峰擺擺手，幾乎是用逃的離開銀行。想要騎機車，發現手腳抖個不停，呼吸困難，掙扎半天，才叫了鬼車回去。

一下車又馬上吐了，卻不是因為暈鬼車。

「明白了？」

明峰虛弱地抬頭，逆著光，麒麟的臉上有些悲憫。

「是，明白了。」他想要站起來，反而昏了過去。

＊　＊　＊

「物欲、貪念、狂熱。」明峰躺在床上，覺得非常虛弱。

「沒錯。這些東西，附在小小的卡片裡頭。」麒麟靠著窗台，把玩著小小的信用卡，但在明峰眼底，卻像是在把玩毒蛇。

回頭看見縮在床角、臉色發青的明峰，麒麟笑了出來，「也沒那麼可怕好不好？這玩意兒像是很棒的大麻，能夠勾起短暫極樂的快感，大部分的人抽大麻都會欲仙欲死，但是也有極少數的人一聞就嘔吐。」她瞥了瞥臉孔青笱笱的明峰，「你一定沒辦法抽大麻。」

一聽到大麻，明峰的胃一陣緊縮，抓著床側的垃圾桶吐了起來。

「你幹嘛這麼纖細啊？」麒麟扶著額。

「物欲呼喚貪念，貪念呼喚狂熱、虛榮，」明峰臉孔慘白，「這種無盡循環交織，像是一種咒。」

「的確是一種惡毒、強大的詛咒。」麒麟玩著信用卡，「一開始或許很快樂，然後淘盡了數年後、數十年後的人生，無力償還這種透支，只好透支更多來償還，還必須滿足越養越巨大的物欲，最後透支了一生，弄得心也病到穿孔，淘空的人只好死。」

她目光遙遠，「這卡片，還有個形體可以依附，但還有沒得依附的信用貸款！不管有沒有形體，最後都是啖食人生的吸血鬼。不是妖不是魔，是人類自招、貪婪的邪祟，幾年就收割一次大批人命的邪祟啊！」

難怪麒麟不願意插手。這怎麼救呢？天作孽，猶可違，自作孽呢？誰也救不了！

「還是有辦法的哦！」麒麟慢條斯理地收起那張信用卡，「別人不成，我們卻有辦法。」

「真的嗎？」明峰猛抬頭，「請教我！我沒辦法眼睜睜看著那麼多人死去。」

「死去說不定還比較幸福呢！毒癮是很難戒除的，而且非常痛苦、難受。」

他開始天人交戰了，良久，他開口了，「我做不到。」

麒麟諒解地笑笑，正要離開，明峰抬起頭，眼睛有著兩簇不屈的火苗，「我做不到眼睜睜看著別人死，雖然我怕得要死，但只要還有可能，我想試試看。」

她瞅了他一會兒，笑了。「很好，去辦信用卡吧！」

啊?明峰瞪大了眼睛。

＊　＊　＊

幾天內，明峰幾乎把所有的信用卡都辦齊了。雖然說，他還是會吐，但他努力抱著垃圾桶到處辦信用卡。

一個禮拜後，信用卡陸續寄來，隨著信用卡的累積，物欲和貪念也隨之堆積，越來越可怕，加上兩個吸引妖魔體質的人類在此，這些盤旋的物欲漸漸凝結、成塊、成形。

要不是麒麟圈了條繩子，將信用卡和累積的物欲拘在封印中，恐怕成形的魔物早就出來吃人了！

「還缺幾家的。」明峰這些天吐得很虛，有氣無力地說著。

「救不了所有人的。」麒麟站在他身後護法，「透過相同的信用卡，幾乎所有的物欲和貪念都被吸過來了。可以說，附在島內信用卡的魔物都集中在此，若是誅除了這隻，大約可以保四、五年平安。」

看著越來越成形，像是泥淖凝成的魔物，明峰的手在發抖。「我得砍死牠？」

「沒錯。被你吸引來的妖異，得親手終結。」麒麟笑了，「很怕嗎？」

他呼出一口氣，勉強穩定心神，「怕死了。但是再怕也得做啊！」他咬咬牙，執起桃木劍，往前劈落了當作結界的繩子。

那隻魔物失去了結界的桎梏，馬上膨脹了好幾十倍，像是個很大的變形蟲，用非常噁心的樣子往前蠕動，速度雖然不快，但是頗有排山倒海之勢。

明明知道要打倒這隻魔物，但是明峰的腦海卻變得一片空白。對，他又緊張到忘記了所有背到熟爛的咒語。

「不要害怕，守住丹田！」站在他背後的麒麟低語，「你行的，只要照我的咒語……」她在他耳邊說了幾句。

緊張過度的明峰連想也沒想就大喝，「**哦啦哦啦哦啦哦啦哦啦哦啦……**」仗著桃木劍砍了過去！

只見那個宛如一座小山的魔物捱了這一下重擊，居然龜裂、粉碎，爆成滿天的粉末。

好厲害的咒啊！他從來不知道自己有這麼大的力量。

「很厲害的咒吧？」麒麟得意洋洋，「這可是《JOJO冒險野郎》裡頭喬喬的專有對白哦！」

他……剛剛把性命交給了一句漫畫對白？

明峰翻個白眼，仰面昏了過去。

神啊！求求祢大發慈悲，放我回去當圖書館員吧！再這樣玩下去，我會被那個死女人玩到沒命啊！

四、為什麼都在台中

在一間幽暗的ＰＵＢ裡頭，一個只穿著細肩帶、麻花牛仔短褲的少女，穿著一件鹿皮大衣，百無聊賴地坐在吧台上。

她美麗的眼睛充滿了落寞，正在喝一瓶可樂娜，那雙幽深的眸子像是寂寞的井，蕩漾著故事，在嘈雜的ＰＵＢ裡顯得非常惹眼。

「Hi!」一個黑人坐到她身邊，笑出一口白牙，很激賞地欣賞她及腰、光燦如緞的長髮，「What's your name?」

少女抬了抬眼，繼續喝她的可樂娜。

黑人發現少女不理他，以為她不懂英文，盡力擠出蹩腳的中文，「妳……名字？美小姐？」

她喝掉最後一口可樂娜，很無奈地看著黑人。「I miss my dog. I want go home.」

黑人愣住了，正在仔細想她講的怪異英文時，少女已經無聲無息地離開了。

麒麟站在街道上，摸摸乾扁的口袋，心裡不禁沒好氣的想，可惡的明峰！肝指數高一點又不會死，幹嘛那麼忠實地執行蕙娘的指令，把她的酒都倒光光了？更可惡的是，這些日子讓他當家，金融卡和現金（甚至是錢包）統統都在他手裡。

真不敢相信，他一天居然只給她兩百元過酒癮?!

「兩百元已經太多了。」明峰冷冰冰地拎著健康報告，「妳看看這是什麼樣的肝指數？醫生打電話來了，要妳回去複診，怕是檢驗出錯。」

「沒出錯啦！」麒麟大剌剌地坐在沙發上，「我在美國驗也是這樣。」

「妳果然是妖怪！」明峰氣急敗壞地指著她，「哪有人的肝指數比正常人高上三十倍還活蹦亂跳的？妳還喝？兩百元已經太多了，這可以讓妳在便利商店買多少酒啊？」

「我是在路邊坐著喝酒的人嗎？」麒麟發怒了。

「那就乖乖去喝瓶可樂娜吧！」明峰大腳一踢，把她踢出大門。

這個該死的助手！他有沒有搞清楚他只是個助手啊？管頭管尾的，肝指數高一點點又死不了人！

為什麼她得這麼委屈，蹲在ＰＵＢ喝一瓶可樂娜，還得被黑洋鬼子、白洋鬼子、台客和色瞇瞇歐吉桑搭訕啊？為了這瓶可樂娜，她已經被騷擾一夜了啦！

「該死的宋明峰！」她舉起拳頭怒吼。

「妳罵人一定要這麼大聲、這麼公開嗎？」明峰滿臉掛滿黑線。

台中真的也太小了點，兩人就這樣在大街上大眼瞪小眼。

「堂哥？」明峰身後鑽出一個活潑的女孩子，「你女朋友啊？」

接下來，兩個人用極大、極雄壯的氣勢一起吼著：「不是！」

憎惡地互相瞪了一眼，「妳看我像是瞎了眼嗎？」兩個人又異口同聲地表達了他們的憤怒。

女孩子嚇得猛眨眼，「呃……我只是他堂妹，真的堂妹哦！」媽啊，她可不想因為感情問題被這麼有氣勢的女人大卸八塊。

「堂妹？」麒麟興致來了，暫時忘記沒酒喝的氣悶。她低笑兩聲，「喂，明峰。」

「幹嘛？」她這麼和善一定有問題。為了酒喝不夠，這幾天她活像是個刺蝟。

「你若想平安無事，最好解開我的禁酒令。」麒麟拍拍他的肩膀，「不然事情不是普通的難纏哦！」

「妳別想藉故喝酒！」明峰鐵了心，「蕙娘說妳不能這樣喝了……」

「你是我的助手還是蕙娘的？」麒麟咬牙切齒。

「我倒是比較想當蕙娘的助手。」明峰怒目回去，「妳到底知不知道自己的身體啊？」

「哼！到時候別來求我！」麒麟氣憤地往反方向走。

「妳要招……『那個』計程車，就走到暗一點的地方招！別嚇到路人，聽到沒有？」明峰不放心地追上幾步。

「堂哥，你跟女朋友吵架了？」堂妹張大眼睛，哇！終年見鬼的堂哥也有女人愛耶！

「妳看我的眼睛像是瞎了嗎？」指著眼睛的手拚命在發抖。

「哎呀，我了解、我了解，」堂妹安慰地拍拍他的手，「堂哥，我懂！好歹小妹也修過戀愛學分……」

妳根本就不了解！妳不了解那女人，只有瞎子才會愛上她啊！

他胡亂地比了連自己也不懂的手勢，「算了，明琦，妳怎麼會跟我聯絡？妳怎麼會在台中？」

「大哥明璃跟我說的。」明琦很快樂地挽著明峰的手，「你不知道嗎？除了大哥在這邊工作，我們堂兄弟姊妹不少人都在台中念書。」

對哦！他們宋家算是不小的家族，父親排行老三，上面有兩個哥哥，下面還有兩個妹妹。就算各自婚嫁，也都住在附近，這些堂兄弟姊妹從小一起長大，上學的時候總是陣容浩大。

叔伯阿姨感情好，他們這群小輩也要好到像是親手足，從小一起玩耍，放了學還到處串門子寫功課，暑假往往是窩在二水的老家度過，跟著爺爺修煉，也跟著奶奶上山下海地到處遊玩……

「六堂哥，你真壞！」明琦喃喃抱怨著，「既然回來台灣，連封信都沒有。要不是大哥跟我講，我還真不知道你在台中哩！大家都好想你哦！也不給我們一點消息。」

他不能回去啊！他是宋家血緣最濃厚的子孫，上了國中，一進入青春期，他特異的體質橫衝直撞起來，險些害死了和他一起住在爺爺家的兄弟姊妹，爸爸為了他，也……

他不願意再給親愛的家人帶來災難了！

「修業很忙啊！」他勉強擠出理由，摸了摸口袋裡的火符和麒麟給的護身符，心裡才比較安定了點，「不過也實在很久不見了，大家都好嗎？」

一路閒聊著，他們走入了一家咖啡廳。

一走進去……明峰臉孔發青，不不不，他不想留在這裡。「我們換一家好不好？」他的聲音微微顫抖。

「這家不好嗎？」明琦對著櫃台招著手，「阿丁，這就是我那個有陰陽眼的堂哥。他說這家咖啡廳不好……」

明峰瞠目看著像是「自動餐車」的大男生走過來，他的身上纏滿了烏黑的髮絲和一雙雙不懷好意的眼睛……

「他……算了，這家咖啡廳沒有什麼不好。」他臉孔慘白的低下頭。真正不好的，是阿丁後面跟的那群女鬼啊！

他們坐了下來，明峰死盯著菜單，明琦嘻嘻一笑，眼睛亮晶晶的，充滿期待，「堂哥，你看得到對不對？阿丁身上的那個……你看得到對不對？」

「我什麼也沒有看到！」明峰凶她，「妳也不該看到！什麼都沒有，聽到了沒有？」

「但是……」阿丁遲疑地開口，「我看得到耶！就算閉著眼睛，我也看得到。」

明峰張著嘴，氣急敗壞地拖來明琦，「妳把我叫出來，該不會就是要我看這個吧？」

「堂哥，你有修煉啊！」明琦很開心地回答，眼中充滿羨慕，「而且你有很厲害的陰陽眼。」

妳如果真的很羨慕，我送妳如何？

魂不守舍地點了咖啡，明峰清了清嗓子，「那個……呃……這位……」

「我叫阿丁。」阿丁很有朝氣地回答。

真奇怪，被這麼多女鬼纏身還這麼有元氣？「我能幫你什麼忙？」他硬著頭皮問，突然想到麒麟的烏鴉嘴。該死！好的未必準，壞的卻準成這副德行……

「呃……我能想辦法跟『她們』溝通嗎？」阿丁滿臉期待地問。

明峰剛端起咖啡喝了一口，差點噴了出來，強嚥下去的結果，差點嗆死。

「咳、咳咳咳……你說什麼？」這年頭的小孩是怎樣？膽子大到可包天？「你幾歲？」

「我十九了，堂哥。」阿丁很規矩地回答。

誰是你堂哥啊？轉頭看看明琦，他明白了。「這是妳男朋友？妳才剛上大學不是嗎？」他的手指在顫抖。

「哎唷，堂哥，你好討厭！」明琦害羞了起來，「我們是同學啦！不管啦，堂哥，你趕緊想想辦法，這群沒天沒夜地跟著，人家不好意思……」

還是繼續不好意思好了，弄出「人命」那還得了？

「喂，你！」明峰很凶地說。

「我叫阿丁。」阿丁很嚴肅地回答。

我管你叫阿丁阿丙阿戊阿辛！「你們都還非常年輕，千萬不要試圖跟『那個世界』的居民溝通，聽到了沒有？那不是你該接觸的世界，除非你嫌活太長！」

「但是……」阿丁遲疑了，「我從小就看得到『她們』，她們一定有什麼緣故才跟著我吧？我很想幫她們……」

「不可以這麼想！」明峰咬牙切齒地一拍桌子，「就算她們在一旁你們不好意思親熱，但也不能夠試圖跟她們溝通。」

他發寒地望了望那群充滿憤怒嫉妒的女鬼，「還有，你若想要平安無事，就別跟我堂妹親熱！」

「堂哥！」明琦生氣了，「你也才大我幾歲，怎麼這麼老古板啊？」

阿丁這個保守的大男生，坐在一旁已經臉孔通紅了。

「小堂妹，妳要聽話。」明峰簡直想哭了，他按著明琦的肩膀，「二伯只有妳這個心肝女兒，要是妳有個三長兩短……我沒臉回去見二伯啦！」

「堂哥，那你也犯不著哭吧？」

說好說歹，明峰終於讓小堂妹答應絕對不踰矩。臨別的時候，他殷殷囑咐，「可能的話，還是分手吧！」

「我才不要！」明琦很義無反顧，「我不下地獄，誰下地獄？我要堅守我的愛情！」

「我會盡量想辦法……」明峰很沒把握地承諾，「但是記住，千萬不要踰矩！」

看他們倆親親密密攜手而去，明峰覺得很絕望。但這麼久都沒出事，應該不會出什麼事情吧？

「分手就好啦！」他沮喪地招車，「我這三腳貓的工夫，要怎麼應付這麼大群的女鬼啊？」

＊　　＊　　＊

到家之後，明峰望了望滿臉得意的麒麟……呿，他才不要求她！好歹他也是茅山派的正統傳人（雖然已經很凋零了），區區幾個女鬼（其實是幾十個）他會搞不定？

他拿出全副家當，咬牙開始準備開壇所需的種種法器。傳到他手上的法籍已經不多了，但是他父親、祖父都是出色的道士，沒理由他不行！

只要他不要臨陣忘個乾乾淨淨就好了……他對這個毛病真是痛恨到想哭啊！

擦乾眼淚，他開始複習早就爛熟的法咒，又把祖父給他的降鬼除妖手冊仔細地念了一遍。

正在選黃道吉日的時候，明璃急沖沖地打電話來了，「明峰，不好了！」

他嚇了一跳，「怎麼了？」

「明琦她……突然發起高燒，卻全身不斷冒冷汗，醫生不肯讓她住院，但連我靈力這麼低都看得到她身上有『壞東西』……」

明峰心頭一冷，連忙把準備好的開壇法器捆一捆，連他的道鼇一起帶走。「明璃堂哥，快給我地址！」

他雖然千百個不願意，還是招了鬼車，胡伯伯很快就笑嘻嘻地出現了。

這時，冷眼旁觀的麒麟說話了，「我可是不管的。」她鼻孔朝天，「除非你解了我的禁酒令。」

「免談！」他火大了，哼！了不起嗎？死爛酒鬼！「胡伯伯，快到這個地址！」

不顧麒麟的鬼臉，明峰搭著鬼車，火速趕到了明琦的小套房。一走進去，他立刻全身發毛，明琦被鬼髮纏得像個繭，只剩下一口氣了。

明璃緊張地迎了上來，明峰來不及打招呼，劈頭就罵明琦，「瞧瞧妳！妳一定沒聽我的話！」

她氣息都微了，還眼淚汪汪地耍倔強，「怎麼可以……可以讓她們嚇到？我又沒做什麼，只是親了阿丁一下啊！」

「妳笨啊！為什麼要刺激女鬼的嫉妒心？」明峰滿頭大汗地罵人，一面把壇擺出來。

「你哪來的黑狗血和雞血？」明璃瞪著眼睛，看明峰從一個小冰箱拿出兩小試管的血液。

「動物醫院和養雞場要的啊！」明峰將試管的血倒出來，「我不喜歡殺生，抽血就可以了……明璃堂哥，趕緊把明琦綁在床上。」

明璃趕緊將明琦的四肢固定在床腳，她痛苦地不斷呻吟，已是命在旦夕了。

將壇擺設好，明峰穿戴好道氅道冠，非常肅穆地點香起壇，執起桃木劍，深吸一口氣，搖鈴、焚符，口中喃喃地念著驅鬼咒。

他的咒語念得越勤，濃厚的黑髮越來越騷動，最後，一雙憤怒的眼睛從黑髮中升了起來，發出憤怒的呵呵聲。

「**急急如律令！**」將漫長的驅鬼咒念完，明峰結令，抓起黑狗血潑在明琦身上，她痛苦地大叫，女鬼也跟著扭曲哀號，因為她被綁著，女鬼沒辦法附身解決那個可恨的道士……

吃痛的女鬼蜿蜒盤旋於空，漸漸脫離了明琦，明峰又舉起桃木劍，發出火符，讓痛苦的女鬼更是怒不可遏，狂嘯著撲向明峰……

他早已舉起小罈，火速用雞血在罈口抹了一圈，大叫一聲，「收！」

慘叫一聲，女鬼身不由己地被吸了進去，明峰暗暗鬆了口氣，幸好咒語念在前頭，他才不至於忘得乾乾淨淨，也幸好才一隻而已。

正要蓋上罈口，只聽得門口一響，阿丁慘白著臉，看著被綁在床上的明琦，「你、你們……你們想對小琦怎麼樣？」說著就衝了進來——連他背後那群女鬼一起衝了過來。

這下真的完蛋了！一隻就讓他大費周章地念半天，再說，他也沒那麼多黑狗血啊！

只見滿天黑髮，那群女鬼赤紅了眼，咆哮著衝上前，看樣子，他們幾個兄妹得死在這裡了……

偏偏這個時候，他腦海一片空白，什麼咒語都想不起來，只有一個鮮明的、忘也忘不掉的咒——

「哦啦哦啦哦啦哦啦哦啦哦啦……」他一面吼著，一面打向阿丁。這咒真是強而有力，不但把阿丁打倒在地，還打散了滿天鬼靈，讓她們恐懼地飄遠了一些。

對，他唯一想得起來的咒，是麒麟教給他的卡通對白。

「你打我？」一隻眼睛成了熊貓的阿丁發愣，還哇啦哇啦地亂叫。

「對，」明峰發狠地遞出第二拳，讓阿丁成了完整的熊貓，「而且我還想打死你。」

他的話語引起所有女鬼的同仇敵愾，她們撇下了明琦和明璃，尖嘯著追著明峰，他猛然跳起來，衝出房間，一面大叫，「堂妹，這種笨蛋還是趕緊分手吧！老胡！胡伯伯！快開車啊！」

鬼車一閃，將他載走了。

他大大地喘了一口氣，拍拍前座，突然好感謝胡伯伯。「真是多謝啊！若不是有胡伯伯，我真的沒辦法，您真是道家居家良伴……」

「良伴？我還涼拌霉乾菜哩！」胡伯伯緊張地大叫，「你哪兒惹來這群女鬼官兵？

連牛頭馬面都禁她們不住啊！」

咻地一聲，一隻羽箭射了進來，胡伯伯和明峰同聲大叫，那支羽箭很險地扎在方向盤上面。

明峰顫巍巍地回頭一看，陽界看起來不過是長髮和眼睛的女鬼，在冥界一旦顯形──啊娘威……竟成了刀戟森然、行列有序的女鬼兵團，個個騎著黑馬，居然快要追上鬼車了！

「殺！」帶頭的女將軍嬌喝，整團娘子軍氣勢磅礡地跟著喊：「殺！」真的是天搖地動，日月無光。

「胡伯伯，開快一點！」明峰倒抽一口冷氣，死命拍著前座，吼了出來。

「冥路是有速限的……」胡伯伯爭辯著，「我會被照相罰款的！」

「性命交關，還管速限啊？」明峰欲哭無淚，「罰款我都繳，都算在我身上好不好？」

這個優良的鬼駕駛，真是被打鴨子上架，只好努力催油門，任冥路的照相機一路閃了！可是，他們開得越快，女鬼兵團追得越急，甚至有超車包夾的趨勢。

「不行啦！這條路不通、不通！」胡伯伯氣急敗壞，「這個不好，我們得回陽界去……這個只有麒麟可以解決！」

「我不想求她！」明峰臉孔一白，幸好他頭縮得快，不然一把刺進車裡的長槍大約刺掉了他的腦袋。

「現在是顧自尊的時候嗎？」胡伯伯幾乎哭出來，「我是滿喜歡美女的，但不想被美女ＳＭ啊……」他急轉彎，立刻開進陽界，出現在麒麟家的大門口。

正要開進去，卻被女鬼軍團堵住了。

「為什麼？」明峰目瞪口呆，回到陽界了，為什麼這群女鬼還是軍團形態？

「麒麟，出來救命啊！」胡伯伯吼著，將頭縮在方向盤下面，「該死的女孩兒！把這兒住成了陽冥交界……快出來救命啊！」

眼見女鬼軍團氣勢洶洶地奔上來，明峰一咬牙，「胡伯伯，你快回冥界去！」他拉開車門，滾了出去。

「咦？小明峰，你做啥出去送死？喂！」胡伯伯連聲叫喚，「快回來！你別莽撞！」

只見眾女鬼兵女鬼將挾著黃霧，滾滾滔滔地騎著馬奔來……不行！他不能連累胡伯伯……快啊！快想起咒，什麼咒都好……

情急之下，他只記得這個咒，「滾——」

他的怒氣衝撞了法力，毫無保留地釋放出來，女鬼兵團正面撞擊了這團法力，只見黃霧吹散，黑馬虛弱無力地紛紛軟蹄，竟讓這個簡簡單單的一字咒吹開了一條道路。

明峰呆了一秒，連忙踏著禹步，在軍團重整陣式之前，衝進了大門，倒在地毯上面喘息不已。

「吵什麼？」麒麟揉著眼睛從二樓的臥室走出來，不太高興地從樓梯俯望，「門關那麼大聲要死？」

「蕙娘呢？」明峰簡直要急瘋了，「她在外面嗎？」他爬起來張望著窗戶，發現胡伯伯已經回了冥界，心情稍微安定了些。

「蕙娘在廚房開發新菜單。」麒麟很沒形象地張著大嘴打呵欠，「就算原子彈炸在屋裡，她也啥都聽不見。」

順著明峰的視線望出去，她精神都來了，吹了聲口哨。「強啊！你連這個娘子軍團都引來了！」

只見門口的草地被踏得體無完膚，嚴嚴整整的娘子軍團行列於前，也不叫陣，也不言語，井然有序地停軍門口，隊伍前面的將軍尤其美豔，只是臉色泛青，讓人望之生怖。

「林四娘？」麒麟打開窗戶，滿不在乎地對著外頭嚷，「做什麼把我家的草地弄得像是爛泥巴塘？妳們不是找到了妳們的主公？不看嚴一點，當心妳們主公娶了老婆，妳們就沒得纏了。」

那位美豔將軍一凜，驅馬上前幾步，厲聲說道，「妾身正是林四娘。原不該打擾真人清修，然而此賊意圖謀害主公，讓他使奸計逃到真人這兒，即使知道鬥不過真人，還是得驅兵而來！萬望真人慈悲，將此賊發還我等，如此大恩，林四娘等必銘記在心，伺機而報！」

「說得頗有理。」麒麟嬌笑，「但是這孩子可是我的小徒。說要殺人，也不過說說而已，就這樣當真了？妳們且去吧！念妳們一片痴心，我就不跟妳們計較。」

林四娘碎咬銀牙，容顏更為慘青可怖，身上的盔甲流出一絲絲的鮮血，「意圖加害主公，就是千刀萬剮也不為過的！我敬妳是得道真人，難道我們就沒有本事？若是不交出人來，就踏平了這處陽宅，讓妳無處容身！」

「呿！」麒麟豎起兩道秀眉，「好生跟妳說，妳反而威逼上來。妳真當我好欺負？惹動了我的性子……」

「就是惹動妳，怎麼樣？」林四娘手一揮，弓箭手拉滿弓，將整個屋子射得跟刺蝟一樣。要不是窗戶關得夠急，連麒麟都得挨上一兩箭。

麒麟氣得臉都變色了，「好啊！若是我出去打，一個也別想有轉世的機會；若是不出去打，讓這群女鬼看輕，我還做人不做？」

她一把拉開大門，立了結界不遭箭雨。「蕙娘，那群女鬼欺負我！」

心不甘情不願離開廚房的蕙娘應聲，「知道了！知道了！讓妳被人欺負，我面子上也過不去呀！妳說怎麼樣？」

「別都殺了。」麒麟皺起眉，開始喃喃念咒。「我召喚你回來，重生吧！前鬼！遵從我命，去除邪惡，解除，解開束縛！重生吧！前鬼，我還你原形！※」

她大喝一聲，蕙娘美麗溫柔的身形漸漸消失，化成一團白霧，等白霧消散以後，只見她唇角露出獠牙，雙眼透出青光，直通雲際，身子一躬，暴漲出一丈許，十指烏黑，美麗的臉龐露出嗜殺的狂喜。

修行八百年的殭屍，今天終於現出原形，非常美麗、莊嚴又邪惡，雖然一絲不掛，卻擁有櫻花般彈性而緊致的肌膚，讓人見了只覺敬畏恐怖，卻一點也起不了邪念。

她張口發出龍吟之聲，黑馬被這聲音驚得亂走狂跳，女鬼們禁受不住，紛紛墜馬哀號。

接下來不能稱為交戰，應該叫作屠殺——即使牛頭馬面也不敢稍掠其鋒的娘子軍團，在殭屍面前成了無助的小孩，刀槍不能傷，鬼力不能役，然而蕙娘抓一把就是一個血窟窿，一甩髮就去了半邊身；雖說鬼魂不易死亡，但是這樣痛苦卻在重生後反覆加劇，最後重生越來越不易，奄奄一息地維持不了戰鬥形態，化為長髮眼睛的鬼靈，滾地哭泣。

只見潰不成軍，蕙娘似乎要趕盡殺絕，林四娘忍住疼痛，跪在蕙娘面前大叫，「且慢，且慢！有罪都在我身上！我身為姽嫿將軍，督軍有錯，應當滅我，和我的部屬是無

※出自日本漫畫《鬼神童子ZENKI》，召喚前鬼的咒語。

關無涉的！」

殺得性起的蕙娘停了手，奇怪地望著她，「原來是妳們！妳們不是恆王的妻妾，那廝好武兼好色的恆王把妳們像軍隊一樣操練起來，後來恆王被賊黨殺了，妳們這起女兵不是自行討伐賊黨，全死了嗎？後人立了施嬙祠祭拜，也有些香火，不好好安享香火，跑來這兒亂什麼？」

聽到有人知道她們的身分，林四娘上前哭道：「香火縱好，奈何對主公情恩難消。是我等毀了祠，專心尋找主公下落。好不容易找到他了，只是人鬼殊途，我們也不敢別有他想，傷了主公的性命。我們繫情近千年，主公一些兒也記不得，這也難怪他，只可恨世間一干狐狸精都要近我主公，一時氣憤不過，屋裡那廝還口口聲聲要害主公性命，我們這才敢冒犯真人，又冒犯了您，有過都在我，請饒了這些姊妹吧！」

蕙娘原本就不想下殺手，聽她們這樣哭訴，怕她們亂人間，實在不知道該饒不該饒，只好瞅著麒麟。

「橫豎不過是個男人罷了！」麒麟老大不耐煩，「他又沒長三頭六臂，倒是三妻四妾！說妳們傻，還真是傻透了！妳們又沒什麼過錯，轉世投胎，搞不好還跟他有姻緣，這樣橫纏豎纏有什麼結果？」

林四娘磕頭泣訴，「真人所說我們都明白，但是情恩難忍，投胎後前事都忘了乾乾淨淨，姊妹也都會離散……我們又沒有非分之想，只是想在他身邊罷了！」

「痴人，痴人！」麒麟翻了個白眼，「誰讓他惹了前生這麼多情債？罰他終生無妻也應該。妳過來！」

只見林四娘委委屈屈地跪在麒麟面前，麒麟虛畫了個符，打入林四娘的靈體內。底下的女鬼紛紛驚叫，都要上來救。

「怕什麼？我又不是要滅了她。」麒麟罵著，「拿了去！算妳運氣好，今天我心情還可以。領了這符去，我包妳的主公就算看到林志玲，心也不會動一動，這輩子他是標準和尚命了。這可遂了妳們的願了，以後敢隨便傷害人類，看我饒不饒妳們！」

女鬼們感激涕零地磕頭跪拜，就要離去。

「就這樣走了？」麒麟怒道：「把我的草地弄成了泥巴場，被單衣服全髒了！該補草的補一補，該洗的衣服洗一洗，以後聽了我的命令，乖乖回來當我式神！聽到了沒有？」

明峰瞠目看著這群窮凶惡極的女鬼，賢慧萬分地裡外開始打掃整理。蕙娘深深吸了一口氣，恢復原來的模樣，笑吟吟的，「好了吧？我可以回廚房了吧？」哼著小調，她依舊溫柔甜美，只是手指身上染了不少血。

「沒酒喝的日子真難過……」麒麟癱在沙發上，開始喃喃抱怨。

「知道啦！」雖然不甘願，但是這件事情是靠她才解決的，「隨便妳喝到死啦，我不管了！」

明峰氣呼呼地拿起錢包，麒麟驚異地看著他，「你去哪？」

「買酒讓妳灌到死啊！」他凶狠地回答，摔了門就出去。

從廚房探出頭來，蕙娘輕笑，「這孩子真的是有天賦。」

「可不是？」麒麟繼續癱著，「我的言靈對他沒用了呢！他專心一意地藏東西，我是怎麼找也找不到的，難得他心地善良，個性又認真，不過，就是太認真所以才拘泥在有形的咒上面啊！」

她噗哧一笑，「也幸好如此，不然不用三年，我會被他逼到打破飯碗。」

「妳偏要教他！」蕙娘搖頭，「不教他不就不會打破了？」

「我也做得疲了……」麒麟乾脆整個躺在沙發上，「而且，我也滿想知道他能不能超越過我，成為真正的禁咒師。」

「妳已經太厲害了。」蕙娘笑著走進廚房。

「那是蕙娘妳疼我呢！」麒麟嘻嘻地笑著，「好啦！把鬼釀拿出來吧！我熬得酒蟲啃肝腸了。」

「妳唷……」

* * *

這事件就這樣有驚無險地落幕了。

胡伯伯安然無恙，明琦也痊癒了，他心裡實在有些感激麒麟，也相信她的確是偉大的禁咒師……

但是當他知道，她解除蕙娘的封印，用的是動畫《鬼神童子》的卡通對白時，那種偉大的程度，突然下降了五十個百分點。

跟她學藝，自己似乎越來越偏離道家正統了！他心裡不禁深深哀悼起來。

這天，明琦為了感謝他，要請他吃飯，他很高興地前去赴約。

一到那家餐館，他臉孔一白，發現黑抹抹的一屋子人，更慘的是，幾乎都是他的堂兄弟姊妹。

血緣互相呼喚是種可怕的事情，他袋子裡的護身符不斷抖動，不知道承受得了嗎？

「哇！六堂哥好厲害。」一個堂弟非常崇拜地說，「你一進來，路過的『一團黑黑』看得好清楚。」

「在這邊玩錢仙一定很靈驗。」

「六堂哥，我有帶塔羅牌哦！我覺得靈氣這麼充足，一定可以算得很準……」

「六堂哥，我們同學有人想見你，他有陰陽眼……」

「你看這個靈異照片，哇，比剛剛清楚好多，呼之欲出……」

「你們幹嘛統統來台中啊？」明峰的頭髮幾乎要站起來了。

「咦？」明琦笑了，「堂哥，你不知道台中是學校最密集的城市嗎？我們不是在念大學，就是在念研究所，這也是緣分，宋家的兄弟姊妹都聚集在這兒哦！」

這個城市的妖魔鬼怪也都聚集在這裡啊！

「堂哥，你不會離開台中吧？」明琦盼望地問。雖然她跟阿丁分手了，但是她的新任男朋友也有些靈異事件需要堂哥解決。

明峰鐵青著臉，全身冷汗直冒，「不，我不會留在台中。我要回紅十字會當圖書館員！」

天啊！救命哦！

五、同學來訪

飄飛如緋雪，夜櫻矇矓得像是大氣萌生的夢境。

倉橋音無抬起頭，伸手去接飄落的櫻瓣，怕是如琉璃似地碎裂在掌心。剛剛做完法事，喪家哀然欲絕的哀戚嚴肅中，無言的櫻卻用另一種形式，宣告生命終了也有其歡欣的一面。

蜿蜒的小徑，他緩緩拾階而上，鳥居隱在霧樣夜裡，只有一點隱約的影子。

不知道為什麼，看到櫻花，他就會想到他的同學。

或許是總部大圖書館的門口也有棵高大的緋櫻，摻雜在西方學子中、顯得少數的東方學生，不管來自何地，都會到這兒尋求一種鄉愁的慰藉。而他也總是在樹下讀著書，每次喊他時，總是得輕輕的，像是要將他從遙遠的夢境喚回來。

「日安，明峰君。」他們都來自東方，卻是不同的國度，為了尊重彼此，都是用英文交談的。但是呼喚明峰的名字時，他總是會加上日語的敬語。

因為他來自一個非常古老的國度，陰陽道的部分思想就是由那個國度傳來的。

「早啊，音無。」明峰像是大夢初醒，唇間泛著溫然的微笑。

他們會熟稔起來，是因為一起上了一堂老道士開的「符論」。老道士鄉音非常重，又堅持用中文講課，寫的板書比符咒還像鬼畫符，嚇跑了許多學生。結果上了一個學期，只剩下兩個用功的學生──宋明峰和倉橋音無。

說起來，音無是有點可憐明峰這個同學的。東方的學生已經夠少了，但是日本陰陽道畢竟傳承已久，師資完備，在紅十字會受到一定程度的敬重，能夠和他切磋研習的同學、老師眾多；反觀他堅持的中國茅山派道術，已經衰敗凋零到僅存他一個學生，入學以來，連要找個老師指導都找不到，勉強只有個修習符學的天師派道長開了堂符學，讓他有得上課，其他都得靠自己自修。

但是，音無也是敬佩他的，因為這個身材修長優雅，宛如風中白楊的美少年同學，卻孜孜不倦地埋首在龐大圖書館中，努力挖掘點滴典籍，他的努力有目共睹，連教歷史兼任圖書館長的史密斯老師都對他讚譽有加，樂得把繁難艱深的東方書籍部交給他管。

他不但自己的功課學得嚴謹，連東方書籍部這麼多種文字他都學了起來，管理得井井有條。梵文不消說了，連火星文般的韓文都能讀能寫，課餘還研究失傳已久的金文。

有回，音無的老師指定了他一份艱難的報告，他正發愁，明峰只淡淡問了大概，「要找裡高野的資料？你到日語部，第九排第五列左邊數來第二十一本以後，應該可以找到一些。」

音無很訝異，照著他的話去找，果然找到一堆。「但是我要找的是開山之初的分裂與叛變。」

「啊？」明峰搔了搔頭，「有是有，但那只有老師可以閱讀，放在特別管理部……」

音無好半天無法作聲，「你看過？」

「大略地翻過一下。」明峰漫應著，還在仰頭想辦法，「你知道我日文說得極差，但是讀寫還沒問題……我記得是有的，但是年代和詳細不太記得了，這樣不能做報告……」

「你該不會圖書館的書都看過了吧？」音無睜大眼睛。

「哪有可能？」明峰苦笑，「也就東方圖書部我比較熟。西方圖書部我才看了一半左右，還是略翻，少數民族部那就很生疏了……」

後來是明峰偷出來借給音無寫報告，事後很久音無才知道，為了偷這本書出來，明峰被史密斯老師記了支大過。逼問著他，他只是笑笑，逼緊了才說，「史老頭跟我鬧著玩兒的，記個過有什麼大不了？只是被查了出來，零零碎碎的又有些不該借出去的書借了，不得已才記個過交代過去。什麼大不了的？需要這樣大驚小怪？」

他的笑容從容適意，完全不掛懷，讓音無很愧疚，也因此交情更好了。

那年，教符學的老師過世了，就他們兩個傷心得抱頭痛哭。一來上了四年課，已經有了很深的感情，二來，明峰可以修習的術科已經沒有了。

「明峰君，你還是改宗吧！」其實這樣勸他，音無皙白的臉頰都紅了，啊！這樣真的很沒禮貌。「其實你的基礎很深，若是改宗陰陽道，假以時日，一定會比我還……」

「音無，謝謝。」明峰理了理桌上幾本殘本典籍，「我知道你擔心我。但是沒關係，再兩年我就畢業了，雖然我於茅山道學還是入門而已，但是我不繼續學下去，茅山派真的要絕學了。」

他苦笑，卻是堅毅的苦笑，「我不能改宗。我是宋家的子孫，就算是最後一個茅山派道士，我也要堅持下去。」

真的是非常令人敬佩的同學啊！畢業後，音無回來繼承家業，接了神主的位置，比明峰早了半個月走。一回家，諸事需要安頓，忙碌之餘，居然沒時間去探問他。

不知道他畢業了沒有？看到這美麗的緋櫻，實在忍不住想起故人哪……

「神主，有客人來了，聽說是你的同學呢！」呼喚聲打斷了他的沉思，音無不禁喜形於色。難道是……

「明……」音無正要嚷出來，只見一個光頭撲了上來。「哇哈哈！老弟，我畢業啦！我終於畢業啦！」

「真田……真田學長？」音無有些啼笑皆非。

修行僧很爽朗地哈哈大笑，「念了十年，那死老頭終於讓我畢業啦！培養了十年感情他們還想怎樣？十年耶！我寶貴的青春啊！」

音無笑了，他這位同鄉師兄幾乎要破紀錄，一般在紅十字會修煉約六年，若是學分修夠了，五年也能畢業。他入學的時候，雖然不同宗，但都是日本同鄉，所以喊他學長，等他快畢業的時候，已經有點害怕，這個萬年學長快要變成學弟了。

雖然不是明峰，但是故人來訪，還是令人開心的。

「我可是卯足了勁，今年一定要畢業的！」真田大聲嚷嚷，「今年讓我累積點經驗，明年等禁咒師休假結束，說什麼我也要申請當她的搭擋！」

「禁咒師？」音無呆了呆。他知道有「禁咒師」這樣封號的人非同小可，而這個禁咒師已經數十年都是同一人了。

「可不是？」真田樂得很，「你沒見過所以不知道，等你見到了……她的美，真的美得跟觀音一樣慈悲！法力又強大，使著一把雙頭包金的鐵棍兒，飛騰於空的時候，像是龍神似的，又大方，又爽朗，真不知哪兒能找得到這樣的好女人……」

「是女士？」音無好奇地問。

「什麼女士？是小姐，是美麗漂亮的小姐！」真田嚷著：「本來我想去當她的助手，誰知道那個支那痞子搶了去！你還記得吧？圖書館那個死書呆，什麼明峰的？他居然跑去當禁咒師的助手了，真是氣死人了……」

明峰畢業了？他去當大師的助手嗎？

「禁咒師在哪兒休假呢？」才問出口，他就臉紅了。

＊　＊　＊

整理行李時，音無的臉孔還一直發燒。他這個羞赧的毛病怕是好不了了，奶奶也說，他就是太怕羞了。

但是這麼怕羞的他，一聽到明峰的消息，馬上要出國去找他。

「他對你那麼重要嗎？」世代守護著他們家的神狐打了個呵欠。

「他是我最好的朋友。」音無急急地說，忙著往行李塞土產。

「這我是不管的，」神狐撇了撇尾巴，「我勸你最好別去，但你也未必聽我的。」

神狐的眼神變得冰冷而渺遠，「黑暗中，有獠牙在微笑。望著女子皙白的頸項。」

音無驚住了，他知道神狐預言往往靈驗，「等等！玉荷，那是什麼意思？是預言嗎？」

神狐朝後笑了笑，「我不過鹹水。一切你就自己小心吧！」就消失了蹤影。

音無胡亂地把行李塞一塞，原本只是想念明峰，但如果神狐都有預言了，他更是非去不可！

希望不要出什麼事情……你一定要平安啊！明峰君……

音無的中文雖然不算很好，但勉強還可以對付；島國的鐵路也還發達，就是有點誤點罷了。讓他比較窘的是，一路上老有男孩子試圖跟他搭訕……

「我是先生。」他緊張到口齒不清。

「小姐，不要怕，」搭訕的男生臉紅心跳，哪兒來這麼清秀漂亮、臉紅得這麼好看的女孩？「我不是壞人。」

我知道你不是壞人，但我也不是小姐……音無真的好想哭。

好不容易紅著兩頰擠出車站，他攔了計程車。

「小姐，往哪去？」司機老大滿臉燦笑。

他已經懶得糾正了，「中興新村，謝謝。」雖然他臉紅得幾乎抬不起來，嗚……

他穿Ｔ恤牛仔褲，是什麼地方像小姐了？（事實上，音無整個人都像少女一樣纖細美麗……）

好不容易在中興新村下了車，他大大地嘆了口氣。還真是大啊！要從哪兒找起？

他張開靈識，開始搜尋，發現了一個微弱的結界。他穿越大片的草地，靠近一看，雖然微弱，卻精巧得像是沾滿露珠的蜘蛛網，那樣的纖細、剔透。他從來不知道，結界也可以用這種美麗的手法編織出來，奇怪的是，只攔住妖力低弱的小怪，力量略大一些的妖魔卻可以自由進出，而且，完全不防備人的。

他有點不放心，這樣跨越人家的結界實在很沒禮貌，但還是硬著頭皮跨過去。

「嗯？稀客。」只見一個像是敦煌壁畫走下來的麗人拿著團扇，很感興趣地望著他，「難得這兒有神主當客人。」

音無被嚇了一跳，很認真緊張地行了個九十度的禮，「抱歉，我……我是倉橋音無，來找友人明峰君的。」

麗人望了他一會兒，嫻靜地露出微笑，「神主大人，我是麒麟的式神，蕙娘。請進，明峰『君』……」她忍不住肩膀抖動，還是盡了全力忍住笑，「他在屋裡，我領你進去吧！請跟我來。」

這樣嬌美的女郎是式神？音無不禁敬畏起來。種種的傳說、耳聞紛紛出現在腦海裡。聽說禁咒師縱橫悠遊數十年，多少大師前輩都曾事師於她，提起她的名字，不管是耆老還是教授，都會肅然起敬。

糟糕，這樣貿然前來，會不會打擾了明峰君的修煉？

「如果大師在忙的話，我還是……」他急著說。

「是有點。」蕙娘將臉別到一邊，「『大師』和『明峰君』在門後面……」

門後面？音無戰戰兢兢地一看，只見明峰咬牙切齒、青筋浮出地和一個少女扭成一團，正在搶手上的東西。

「這是什麼修煉？」音無目瞪口呆。

「奪車。」蕙娘含糊地吐出兩個字。

這是什麼法術？音無抱著腦袋，中國的法術果然博大精深，但是他怎麼也想不出來曾經看過「奪車」這種儀式和法術的記載……

蕙娘終於忍不住放聲大笑，眼淚潸然落了下來，「哈哈哈哈！他們在搶象棋的『車』啦！」

「賴皮鬼！妳這賴皮鬼！」明峰氣急敗壞地大叫，「這支車是我的，我將軍了耶！」

「不算！不算啦！」麒麟死命地搶著，「我下錯了，我不是要挪那隻士啊！」

「起手無回大丈夫！」

「誰跟你大丈夫？我又不是男的！」

音無慘白著臉，看著那個「玉樹臨風、憂鬱中帶著書生氣質」的同學，和「落落大方、宛如觀音般美麗慈悲」的禁咒師，突然覺得腦海中的既有美好印象全數龜裂、崩潰……

「我該聽神狐的話的。」

「咦？」和麒麟扭成一團的明峰抬起頭，驚喜莫名，「音無！你不是音無嗎？怎麼來了也不說呢？」

他鬆開麒麟，拉起音無的手，「啊呀，熱壞你了！你最怕熱了……來，我倒真正的中國茶給你喝。」

原本的猙獰和青筋都退去，又是熟悉的明峰君了。「嗯，我來看你了。」音無忍不住含淚，又怕人家笑，搶著問候，「禁咒師大人，冒然來訪，我是倉橋音無。」

「我日文很差。」麒麟忙著偷挪象棋，「你的名字中文怎麼念？」

「音無。」他很規矩地回答。

「我將軍囉！」麒麟對著明峰獰笑一聲，一轉過頭立刻變得和顏悅色，「鸚鵡？」

明峰簡直要氣炸了，他千忍百忍，別嚇到音無，他這個老同學是很纖細的……「音無。」

「鸚鵡？」麒麟一彈指，幻化出一隻雪白鸚哥。

「啪！」地一聲，明峰把鸚哥捏個粉碎，臉色鐵青，「大姊頭，妳的耳朵需要掏一掏哦！要不要我拿牛肉刀幫妳通一下？」

「耍流氓？我好害怕哦！」但是語氣和表情都顯得很惡意。

這個……自己家裡鬧也就算了，在這樣可愛纖弱的小客人面前也這樣，未免有些丟臉……

蕙娘急著陪笑，「麒麟，今天有很棒的小魚乾，剛好給妳炒個下酒菜如何？音無大人，留下來吃飯吧？」

「我不要妳煮。」麒麟很嬌蠻地把頭一撇，「我下棋下贏了，應該是明峰煮給我吃。」

「妳！」明峰氣得跳起來，「是誰輸了？妳使那種小人手段……」

「小明峰，你可愛的老同學嚇壞啦！」蕙娘不由分說地把明峰和音無塞進廚房，「去去去，邊煮飯邊敘舊吧！」

明峰正氣得七竅生煙，在廚房跳上跳下指天罵地，驚駭過度的音無突然噗哧一聲笑了出來。

「你笑什麼？」明峰自覺失態，臉孔泛紅地打開冰箱倒出冷泡茶。

「哈哈哈……突然覺得明峰君很可愛，抱歉……」音無笑得眼淚都快流出來了，他那正經八百、認真得不得了的老同學，也會這樣額角爆青筋的跳上跳下，實在太好笑啦！

「別笑啦！都是那麒麟氣得我……」雖然不好意思，但是他也笑了，「其實你才真的可愛呢！」

從來沒看他大笑過，這樣一笑……哎！其他的女人全被比下去啦！

被他這句「可愛」一堵，音無猛然低下頭，只敢垂首喝茶，兩頰像是火燒一樣。

明峰沒察覺他的異樣，叨絮地說著，「回去還好吧？你身子弱，神主的工作又吃重，沒事要多休息啊！等我十分鐘就好，十分鐘就可以吃晚餐了……」

十分鐘怎麼吃晚餐？音無漫應著，抬起頭，不禁瞠目。只見明峰手持鍋鏟，正在大火翻炒，奇怪的是，明明用的是電磁爐，卻冒出熊熊火焰，而無人動手的菜刀正在俐落地切蔥切蒜，另一個炭爐正翻轉的烤秋刀魚，當然也是沒人在看的。

冰箱自動開啟，材料依序「飛」了出來，凝於空中。明峰考慮了一下，揮了揮手指，將豆干退回冰箱。

他一面使用靈力指揮複雜的廚房，一面還跟音無聊天，「那個女人，大家都說她如何了得，偏偏什麼也不教我！說出來真是笑掉人的大牙，她教給我的咒居然是卡通對白……你相信嗎？卡通對白耶！我居然得將性命交付給漫畫卡通對白，你看她是不是亂七八糟？我再繼續跟她，真的會完蛋……」

你跟她會完蛋？那你現在在做什麼？要是專心一意，他或許可以用念力打開冰箱，取出一樣東西來，但是要他分心其他，那是絕對辦不到的！

「她是個很厲害的老師。」音無變色了。

「你說這個？」明峰正在指揮打蛋，手裡將菜裝盤，同時指揮往湯裡加鹽巴，「說破不值一文，誰都行啊？跟打字的原理差不多嘛！哈哈哈，你該不會是一指神功吧？這不過是『念』的修行，哎，我又不是要跟她學這個，我要學正統道術啊……」

念是一切的基礎。法力根基於此，法術不過是細微末行……

音無突然高興起來，他親愛的老同學，終於有了可以教他的老師了。「你不能走哦！」他懇切地說，「明峰君，答應我，你一定會跟著禁咒師好好修煉到結業。」

明峰轉頭奇怪地看他一眼，「音無，你神經哦？我巴不得可以連夜逃走！要不是史老頭說沒有工作的話……」

音無緊張地抓著他的袖子，「答應我，明峰君。你不是半途而廢的人，她是個值得你跟從的老師。你記得嗎？你解釋過『萬法歸宗』給我聽，我現在似乎……真的明白一點點了。」

被這樣美麗的眼睛認真地盯著，誰還忍心吐出那聲「不」呢？「哎呀，你們是怎樣？怎麼會被那種女人拐得團團轉？她只是個食量大、酒量大，空有一身妖力的動漫迷……好啦！我會聽你的。反正也不差這幾年，別這樣可憐兮兮的……」

音無聽到明峰允諾，開心地破顏一笑，宛如春花綻放。

明峰有些看呆了，輕咳一聲，「來，差不多了，到餐廳坐著等吧！」

「沒關係，務必要讓我幫忙。」他俐落地端菜捧碗，蕙娘看他們端出飯菜，也跟著去布置餐桌。

唯一高坐不動的，只有癱在沙發上抱著酒瓶的麒麟。「我想喝薄酒萊……」

「這種季節哪來的薄酒萊？」明峰吼她，「玫瑰紅加減喝吧！」

「我討厭這種果汁。」麒麟厭惡地把酒挪遠一點。

「誰要妳把我昨天買的酒都喝光了？討厭就別喝！要喝就別吵了！」明峰覺得自己的心臟都要沒力了。

麒麟抱怨著，坐在餐桌旁，一面吃飯一面皺鼻頭，「你煮得馬虎了，沒把愛情煮進去……」

「我對妳有個鳥愛情？給我吃！」他已經快要失去理智了。

「你們感情很好哦！」音無捧著碗喝湯，笑咪咪的。

「誰跟他（她）感情好啊？」麒麟和明峰異口同聲地抗議。

「別被他們的大嗓門嚇到。」蕙娘撫了撫額角，「多吃點，你太瘦了。」

這餐飯在「和諧」的氣氛中吃完了，麒麟只要想跟音無說話，都會被明峰護在前頭，只差沒有露出牙齒對她汪汪叫。

「你這樣滿像忠犬的。」麒麟支著下巴。

「去去去，離音無遠一點！」明峰像是在趕蒼蠅，「省得音無傳染了妳的粗魯！」

麒麟無奈地打個呵欠。「好好好，讓你們敘舊，我先去睡覺……」

「妳大衣底下隆起那罈是啥？」明峰瞇細了眼睛，「那是音無送我的梅酒吧？」

麒麟火速把一小罈梅酒塞進胸前，勝利地看著明峰。

他的確沒有膽子把手伸進她的胸罩裡。

「妳絕對不是女人！妳只有那張皮是女人而已！」

不理明峰的大跳大叫，麒麟大搖大擺地回去睡了。

「沒關係啦！」音無趕緊安撫明峰，「你若喜歡，我下次再送你一罈……」

「那是你送我的耶！」明峰悵然若失，「你從那麼遠揹來的耶！死爛酒鬼……」

「心意，有傳達到就好。」音無莫名地臉一紅。

明峰瞅了他一會兒，「有啊！」大手把他的頭髮揉亂，「我收到了。」

就跟還在紅十字會念書的時候一樣，他們倚著月光，聊到很晚很晚，像是有說不完的話，直到倦極睡去。

各抱著一床被，沉沉睡去，月光照在兩張年輕的臉上，分外皎潔……

音無突然張開了眼睛，黑暗中，閃閃如寒星一般。他赤著雪白的足，緩緩爬上樓梯，悄悄打開了麒麟的房門……

「黑暗中，有獠牙在微笑。望著女子皙白的頸項。」他動聽的聲音在虛空中響起，聽起來有種清冷卻冰冷的感覺。

麒麟抱著雙臂，床上整整齊齊的，沒有倒臥過的痕跡。她偏頭看著音無，「這樣附身在妳守護的神主身上，不太好吧？」

音無微笑著，豔紅的唇像是要滴血，原本清純又羞赧的表情突然變得妖冶邪豔，從那雙誘人的唇裡吐出——

「迷戀伊人矣，

我只自如常日行，

風聲傳萬里……」

麒麟斂容，「言靈？哼！」輕笑一聲。

「消失的記憶之盡頭，

遙不可及冰冷生命，

無人可以掌握的鏡之裂痕……

損壞的人偶歌詠，

聽不見的泥土之淚……」

沒有雷光閃電，沒有火花、暴風，沒有任何手訣、法器、儀式。只有黑暗中，兩張粉嫩嬌豔的唇，急速地吐出字句，互相干擾、攻擊、防禦，靠的只是言語的力量。

但是這種比拚卻比法術對決還要凶險萬分，完全靠精神力和法力（或妖力），緊繃的神經懸於一線，在漆黑中，只有錐子一般的意志，隨著急促喃喃的言語，像是鐵鎚一樣互相尋機攻擊對方脆弱的精神縫隙。

「聲容宛在耳邊縈，言猶在耳不見人；

香消玉碎成鬼神，香消玉碎別人間……」

音無急促地念了出來，眼中精光大盛。

同時麒麟也念出她最後的言靈之術——

「在第十九次冷月划過天空之夜，

世界將伴隨日出而終；

除了打破綠色的碟子以外，

我們還能做些什麼？」

兩人各自往後倒退幾步，只覺得胸腔像是被卡車重擊過，幾乎喘不過氣來。

麒麟先緩過氣，「戴上燃燒的人偶……」

「停！」音無的身上冒出一縷縷白氣，他晃了兩晃，半飄半浮地倒在地上。那縷縷白氣匯聚成形，竟是一隻兩人高的坐姿白狐。「這孩子承受不了，他還嫩呢！萬一出了什麼事情，我對他奶奶難以交代。」

「既然知道他還嫩，就不要附在他身上對我挑戰。」麒麟皮皮地笑了笑，「還要打？來呀！我欠件狐皮大衣。」

「哼！我也欠顆頭骨當法器！」

兩個人（好啦！一人一妖）怒目片刻，互相評估彼此的實力。靜默了好長一段時間，兩個人（呃……一人一妖）內心都了解，真要打，誰也討不了好。

而且，有種奇怪的親切感，在妖與人之間流轉著……

「很了不起啊！神狐大人。」麒麟開口了，「居然用俳句來當言靈之術的材料。」

「呵呵呵，禁咒師大人，妳也不簡單哪！」白狐也說話了，「沒想到妳能使用這樣典雅的詩句當言靈之術。」

「老實告訴妳，這不是我自己寫的。」氣氛緩和了很多，「這是日本作家時雨澤惠一的作品《奇諾之旅》。我喜歡那部動畫，所以把對白抄下來研究能不能配合言靈……」

「唷——人類的術者也有這樣的好奇心？真是風雅。」

妳捧我幾句，我誇妳一番，兩個個性其實滿類似的女人越講越投機，開始拿起音無的梅酒，妳一杯我一杯的喝起來。

「其實我是不贊成這孩子來這邊的。」酒過三巡，白狐憐愛地看著昏睡的音無，「禁咒師大人，您最近可不太平安，我不想讓這孩子捲進來。」

「黑暗中的獠牙？」喝了酒，麒麟的心情分外的好，「放心，我有底了。明天妳勸這孩子回去吧！」

白狐嘆口氣，「他們倉橋家就剩這點血脈，我護衛他們數百年，實在不忍心……」

麒麟端起梅酒，仰著脖子一口乾了，「人生在世不過是夢一場。開心點過就算了，神狐大人難道看不破？」

白狐垂首片刻，「我倒希望他一直沒發現自己的心意。」

麒麟用筷子敲著碗，「得了，神狐大人，妳又不是他，怎麼知道他是什麼心意？」

白狐呆了呆，突然朗聲大笑，「正是！我沾染人氣久了，弄出了個老太婆的囉唆。我這就回去，且幫我看顧這孩子吧！」

一陣狂風，直捲入雲霄，往東北而去。

「現在我要怎麼把他搬回去呢？」麒麟蹲在地上看著昏睡的音無發愁。好懶得搬啊！

她在音無的額頭虛畫了個符，找來找去找不到法器，只好把風鈴摘下來權充一下。一搖鈴，音無就跳了起來。

蕙娘真的看不下去了，「我帶他回去睡吧！」把活人當湘屍趕，哎！主人啊，妳也懶過頭了吧？

＊　＊　＊

「神狐有這樣的預言？」住了幾天，明峰聽了音無說起，臉色立刻變了。「你家裡沒事做嗎？待這麼多天，快回去吧！」

「可是……」音無慌了，「萬一有什麼的話，我也可以……」

「不行！」明峰板著臉，「真的有萬一的話，你要在日本等我去投靠你啊！難道你要我投靠無門？」

「對哦……」

雖然擔心，雖然捨不得，但是明峰君要他回家，音無就乖乖回家了。

冷眼看了幾天，麒麟忍不住嘆氣。唉！她反應真的有點慢，現在才真的聽懂了神狐的話。「其實啊，」她對著明峰默默晾被單的寂寞背影，手裡提著冰涼的啤酒，「這是什麼時代了，喜歡就是喜歡，性別不是問題嘛！」

「妳有病，以為天下的人都跟妳一樣有病嗎？」明峰白了她一眼。

「好吧，」喝啤酒的時候，麒麟談興很好，「換個說法，音無若是女生，你會不會追她？」

「這不是廢話嗎？他若是女生，天下還找得出來這麼完美的女孩嗎？但他明明就是男生啊！」明峰用力抖一抖，趁著大太陽曬棉被。

「哎，你真像顆石頭啊！我是說……」

「是男生、是女生有什麼關係？幸好他是男生呢！」他有些悲傷地發現，他越來越有力的臂肌，居然是曬棉被、補屋頂補出來的，「若他是女孩，萬一分手就沒有了；因為他是男生，所以我永遠不會追他，他永遠都是我的老同學音無。」

陽光下，他笑得如許燦爛，「那不就夠了嗎？」

麒麟支著下巴，含笑地看了他一會兒。這孩子，說他粗心，卻又有仔細的一面。想想，這樣不強求的境界，也真的很難得了。

「是啊，這樣就夠了。」她放下酒瓶，在這個陽光普照的午後，撥著月琴，有種掩蓋在晴朗背後的淡淡哀傷。

六、長生之惑

「麒麟！」走出房門，明峰臉上掛著幾條黑線。

那個倍受尊崇的「禁咒師」，很不雅觀地躺在客廳的地板上，兩隻腿跨在沙發上，抱著酒瓶，正在呼呼大睡。

大清早的，需要這樣躺在客廳嗎？幸好沒有客人，否則成什麼樣子？

拿了小毛毯要給她蓋的蕙娘走了出來，看到明峰專心一意地畫著符，貼在她的額頭上。

「你在做什麼？」蕙娘有很不好的預感。

「我想讓她回房間去睡。」明峰皺眉努力思考，「我有點忘記趕屍的咒語要怎麼念……」

「你們果然注定要當師徒！」思考模式簡直是一模一樣！這下子，換蕙娘的臉上掛了黑線，「我送她回房睡就好……」

「什麼？」明峰頭上冒出問號，畢竟他不知道音無差點讓麒麟當殭屍趕回房的事。

「沒事！」蕙娘將麒麟抱起來，「你要出去？」

難得看到明峰脫下圍裙，穿得整整齊齊。

「嗯！我打算去大學旁聽中文。」他笑了笑，「上回音無來，聽說他在神社附近的大學旁聽中文和日文，我也應該用功點兒了……」

「很不錯啊！」蕙娘懷裡的麒麟突然出聲，把大家都嚇了一跳，「不過你那水泥腦袋那麼頑固，念太多知識恐怕也沒用……」

「誰的腦袋是水泥做的？」明峰幾乎噴火，「如果妳願意教我……」

「我不擅長體力勞動。」麒麟死巴在蕙娘懷裡不肯離開，「要挖開你的水泥腦袋，大約得使出挖馬路工人的氣魄才行。」

「甄麒麟！」明峰氣得全身發抖，哇啦哇啦嚷了一堆，他自己都聽不懂。

「去吧！去吧！」麒麟賴在蕙娘的懷裡，「回來的時候，記得穿過相思林……」

為什麼要穿過相思林？難道有什麼……

「相思林出來的第三條巷子，有個賣甜甜圈的，幫我買十個回來。」她嬌懶地靠在蕙娘懷裡，「蕙娘，抱我回房好了。」

甜甜圈？天啊！「妳根本是條好吃懶做的豬。」明峰的語氣非常沉痛，「蕙娘真是倒了八百輩子的楣，才跟到妳這個有懶惰性癱瘓的主人！」

他憤怒地摔了大門出去，好一會兒，麒麟才嘻嘻地笑了起來。

「主子，妳別這麼愛逗他。」蕙娘也笑了。

「他的反應很可愛啊！」麒麟笑得很大聲，「不逗逗他，我清醒不過來。」

她像是毛毛蟲般蠕動，爬上沙發，拿起看到一半的《地海巫師》，「蕙娘，家裡還有什麼酒？」

看《地海巫師》沒喝酒是不行的，好書要配好酒啊！

「妳昨天把明峰剛買回來的酒都喝光了！」蕙娘苦笑，「他說晚上回來的時候再買，不然妳不會節制的……」

「小氣鬼！」麒麟抱怨著，摸進廚房，「一定還有些什麼酒……」

「主子，那個不行！那罐梅酒我才剛泡好耶！打開就毀了……啊啊，那個也不可以！前天才弄的李子酒……那瓶不要開！開了就壞了，鬼釀都被妳喝光了，這是我才剛弄好酒母的啊……」

翻了半天，麒麟苦著小臉，「家裡還剩什麼酒？」

「米酒！」

「啊，我不想喝米酒啦！」說是這樣說，她還是把煮菜用的米酒拿出來，又從冰箱拿了罐稻香綠茶，設法混在一起，調得能入口些，「這樣不好喝耶！咕嚕……咕嚕……蕙娘，我要冰塊……」

「……」

* * *

一走入校園，明峰感到一陣舒適。

終於生還回到人間了！看著路上行走的朝氣蓬勃少女，他感動得幾乎落淚。果然和妖怪住在一起太久是不行的（妖怪不是指蕙娘），音無來小住的時候，他真是開心得要命，有個正常人在家裡，空氣顯得格外親切，而不是纏滿了妖氛啊！（當然，會產生妖氛，也不是蕙娘的關係。）

像這樣閒適地在陽光普照的校園中行走，聽著人語喧譁，真的恍如隔世。只是，他還是有一種寂寞而疏遠的感覺。

這些人，都跟他一樣是人類，但他跟他們不一樣，他們無憂無慮，眼睛所見就是現世，活在堅硬的地面上，生老病死，和諧地照著天地的規律前行，而他是沒有這種福分的。

懷著一種憂傷而溫暖的情感，看著和自己同族的「人類」，雖然知道和他們走的道路不同，但他還是非常喜歡這些人們……

「表哥！」

明峰驚跳起來，驚魂甫定地看著五姑姑的小孩。這傢伙……不是專照靈異照片的那一個嗎？

「明熠，你怎麼會在這兒？」姑姑的孩子不知道為什麼也遵從宋家輩分，叫作明熠，比明琦大兩歲。

「咦？我才想問哩！我在這兒念書啊！」明熠笑得一臉爽朗，「剛剛我覺得心裡動了動，不由自主地走過來，原來是表哥在這邊啊！太剛好了，我們社團今天有活動，你要不要……」

明峰臉孔慘白，血緣這玩意兒真是可怕，只有他和明熠而已，已經開始把校園裡頭的邪氣引過來了。「什麼社團啊？」他的聲音微微發抖。

「靈異現象研究社。」

「我沒空。」明峰馬上落荒而逃，開玩笑！他對自己的體力和腳程都很有自信，靈異現象需要研究嗎？他身邊的靈異現象還用研究嗎？

喘著跑進教室，明峰擦了擦汗。知識是一種力量，被這種力量圍繞，可以隔除異端。理性原本就是排除神祕、解構神祕的，這種堅固的理性藩籬，可以讓異類無法進入。

或許是這樣，所以他上課的時候很高興，也很專注。只是他很沒力地發現，明熠居然也是這個教授的學生，而且還沒有放棄要說服他去參加社團……

他還是盡量排除干擾，用功念書好了。

這種專注認真的態度引起了教授的注意，上了幾次課，年紀頗大的女教授笑笑地看著他，「你是哪個系的學生？」

明峰驚了一下，很規矩地回答，「不，老師，我是來旁聽的。很抱歉，沒有事先打招呼……」

「不，沒關係。」教授溫和地笑笑，「我只是看你上課很認真。在其他大學上課嗎？」

「我畢業很久了。」他有點不好意思，「我國中畢業就出國念書，總覺得基礎不太好，所以回來念點書。」

「哦？」教授對他有種說不出的好感，「你從事什麼工作呢？」

「道士。」解釋起來很複雜，也只能這樣解釋了……

「這也是種行業啊？」

「你有出家嗎？」

「是不是幫人家超渡的那種？」

「你們家是廟嗎？」同學們七嘴八舌地問了起來。

「我表哥可是真正跟著外公修煉的道士哦！我們可是正統茅山派的傳人呢！」這時，他那不知死活的表弟還跳出來打廣告。

「哦！」所有人一起驚呼。

「不是這樣的……」明峰忙著搖手，窘得不知道該怎麼辦。

「呵呵，這就屬於民俗學的範圍了。」教授推了推眼鏡，「這個機會真的很難得，這位同學，能不能請你到講台這邊，跟我們稍微談談有關家學呢？」

「我真的不……」明峰想拒絕，卻覺得有些不對勁。

這種熱烈的氣氛……鼓譟得像是做醮一樣。為什麼要做醮呢？因為人心不安。人，是很神祕的生物，或許理性不明白，但是在隱隱的潛意識裡，知道要趨吉避凶。

在理性的知識學堂中，的確有股極淡薄卻令人不安的邪氣。學生和教授是不是隱隱感覺得到這股不安，卻不知道怎麼去除？他們的熱烈……

「說，是說上十天十夜也說不完的。」明峰正色，「但是我演一套武戲，我想……應該可以表達給各位知道吧？」

明熠瞪大眼睛。他這個表哥最是剛正認真，腦袋跟石頭一樣，他們兄弟姊妹也鬧過要他要武場跳禹步，卻被他嚴厲地罵了一頓。

為什麼現在……這種氣氛也不太對，他為什麼會突然跳出來要幫表哥打廣告呢？明明知道表哥遇到過很可怕的事情……

「表哥，不要！」明熠緊張起來。

明峰只是淡淡笑了笑，站在挪開講桌的講台上。他也知道不要比較好，但是他又不能裝作沒看到。

「敕水禁壇，掃除妖氣！」他大喝，虛拈劍訣，無形的劍花舞起，踏著禹步開始召神官將祓禊。只見他身如蛟龍，矯健地在講堂穿梭轉騰，每個動作都充滿了力與美，雖然是素手，卻像是拿著利劍那樣殺氣騰騰，正氣凜然，迴旋、下腰，每踏出一步，就堅定一點信心。

真的相信……他拱手望上時，真的可以上達天聽。

最後收結，他虛劈一刀，喝了聲「疾！」，只覺得整個教室像是被無形的狂風掃過，空氣驚人地清新，原本無形無影的沉重壓力，居然掃得一乾二淨。

「呃……就這樣。」他笑了笑，渾身都在滴汗。下課鈴剛好響起，教室爆出驚人的掌聲，有的人還感動落淚。

只有他知道，這並不是感動。有些比較敏感的學生感受得到那股蠢蠢欲動的邪氣，卻又不知道怎麼辦，他這不成氣候的祓禊，卻給他們很大的安慰。

「呵，信心是很重要的。」他接過一個女學生遞來的手帕，溫文地道謝，「只要有信心就可以了。」

等他跳完，表弟明熠才喘了口大氣。他身有宋家的血緣，感應比一般人強些，雖然不完全清楚，但他知道表哥做了一件很凶險的事情——在沒有護法、擺壇、法器的情形下強行祓禊，真的很危險。

「那是你表哥吧？」幾個女生臉上有感動的淚，眼睛閃閃發光，「他有沒有女朋友？」

「我沒有女朋友。」明熠突然有點不爽。

「誰問你？我是問你表哥啦！」女生們互相激動地握手，「他好帥哦！」

「道士耶！妳們不會覺得很老土嗎？」明熠的臉上掛了幾條黑線。

「哪會？天啊，我覺得他比金城武更帥……」

啊啊啊！連他暗戀的對象都眼睛冒出小愛心、小花朵地對表哥發花痴啦！

「表哥，」他咬牙切齒地抓著明峰，「我恨你。」

「啊？」正在擦汗的明峰感到莫名其妙。

「我還有手帕。」班上的系花居然也貢獻了芳香的手帕，「宋同學，要不要一起吃午餐？」

什麼？素有冰山美人之稱的漂亮系花居然這麼溫柔地邀請明峰？

「我更恨你了！」

「那你也犯不著哭啊，表弟……」

＊　＊　＊

其實來上學還是很有意思的，對民俗學很有興趣的教授常常在課後和他談天說地，自從跳過那場武戲，班上的女生對他十二萬分地友善（不知道為什麼，男生對他卻非常不友善），他這旁聽生的生涯倒是滿愉快的。

讓他比較困擾的是，班上最漂亮的女生老纏著他，讓他有點不舒服。

這個叫作林雅棠的女孩是中文系的系花，她非常美，美得有些出塵，她似乎對民俗學也很有興趣，常常找他說話。

不知道為什麼，他就是高興不起來。

為什麼呢？他深深地思考著，其實林雅棠不但擁有美貌，學識也相當豐富，和她交談是很有意思的。所謂的內外皆美大概就是這個樣子吧？

這個年代，已經沒什麼女人會煮飯了，但是林雅棠會自己做小點心，帶來學校請大家吃，個性又好，跟同學相處得很愉快，雖然因為老是拒絕男同學的告白被說是冰山，但她總是面帶溫柔的笑容，堪稱陽光美人。

怎麼看，都是個完美的女朋友候選人，但不知道為什麼，就是對她不動心，反而有些警戒。

為什麼呢？她的確是個人類，身上也沒什麼奇特的妖氣啊？

「明峰，我滿喜歡你的。」當她輕啟櫻唇，吐露這樣的話語時，他下意識地抓起火符護在胸前。

咦？這樣的反應不太對勁吧？

「呃……哈哈！我也喜歡妳呀！」他尷尬卻謹慎地將火符放下，「我們是同學，我喜歡所有的同學啊！」

「我不是要這種答案……」她哀傷地垂下美麗的眼睛，「難道……」

「哈哈哈，匈奴未滅，何以為家？」他為什麼要回答得這麼蠢？「我該回家了……」

「學長住在哪？我能去作客嗎？」雅棠微偏著頭抱著明峰的手臂，熠熠的眸子像是晨星似的，「人家很好奇呢！」

的確是很柔軟的觸感，但他心裡警鈴狂作，閃著「危險」的訊號。「不、不方便吧？我現在跟一位……前輩學藝，不方便招待客人……」並且不露痕跡地將自己的手臂搶回來。

「前輩啊？也是道士嗎？」她的眼睛閃了閃。

「算……算是吧？」明峰回答得有點心虛。

「道門有一千八百種旁門，你和前輩修煉的是哪個門派呢？」林雅棠幽幽地問。

「我是……我們都是茅山派的。」理論上來說，麒麟算是他的師姊，她跟從過的老師是茅山派的掌門，但是那位老掌門已經過世快百年了，而且他一點都不想問她是怎麼跟從老掌門的。

「茅山派的道術偏重抓鬼除妖，安門立柱。」雅棠漾起神祕的微笑，「像這樣修行，能夠長生不老嗎？」

明峰心裡的警鈴響得更大聲，她知道得也太多了點。「不能。」他斬釘截鐵地回答。

「不能？」雅棠追問，「若是不能，你修道又有何益？」

「我修道不是為了長生不老。」他斷然回答，「順應天命，才是自然的。任何長生不老都是違背天理，我希望活得好，不希望長生不老。」

「那是因為你現在還年輕，所以可以說大話。」雅棠上前一步，不知道為什麼，明峰有些發冷地退後一步，「你看看那些老人，稀疏的頭髮、皺紋累累的臉，數不盡骯髒的老人斑，身上充滿了不潔的氣味……你想變成那樣？」

明峰突然怒氣突生，「若不想變成那樣，年輕的時候自殺不就好了？可惜我要提醒妳，躺在棺木中時，成了蛆蟲的食糧，樣子也不會好看到哪去。」

雅棠讓他的嚴厲一堵，嚇了一跳，眼睛不斷地眨啊眨。

但是明峰已經顧不得了，「就算是會老會死，這些都屬於自然的一環。妳覺得老人家樣子難看，我倒是覺得他們用肉身寫滿了一生的經歷，是很可佩的！每個人都要從盛而衰，然後還諸大地，讓出位置給下一代生長。硬扭曲著要長生不老，親戚朋友全都在遙遠時光裡離開，剩一個孤鬼有什麼意思？我學道，雖說是為了自己性命，但也多少希望有助人世。為了自己長生不老學道？又不是自找妖怪命！」

雅棠的臉變得非常難看，一言不發，深深地看他一眼，眼中像是有著很深重的恨意。她轉身走了幾步，「你要當我伴侶嗎？」

「很抱歉。」他實在無法欣賞輕視老人家的女人！

雅棠不再說話，疾步走了。望著她美麗的背影，明峰知道，他應該覺得可惜；但他實在可惜不起來……

回到家裡，蕙娘燦然地招呼，「回來啦？」

抱著酒瓶的麒麟也抬了抬眼，「這麼晚？我餓了……」

明峰仔細端詳這對和他生活了一段時間的女性，「原來是這樣。」他輕輕嘆口氣，「原來是妳們太漂亮的緣故。」

回頭想想，音無也是漂亮的。被這麼多美麗的人環繞，他對美貌已經有了免疫系統。

「你在說什麼？」蕙娘不好意思地吃吃笑著，「主子，別欺負明峰了，他剛下課很累耶！晚餐我煮吧！」

啊？對了，因為蕙娘實在是太完美了（即使是個殭屍，也是個雍容賢慧、溫柔體貼的殭屍），所以雅棠再完美也實在有限；也因為麒麟雖然長得漂亮，卻讓他看盡一個女人所有的惡形惡狀，所以……

「你在念什麼？」麒麟喝著啤酒，「上學還開心嗎？」

「很好啊！我跟同學處得很愉快。」想到林雅棠，他還是有點不舒服，卻說不出哪裡不舒服。

「那就請同學來家裡玩嘛！」麒麟很大方，「你也該多接觸正常人類，我一直很擔心你這種脾氣，會不會有反社會傾向呢？」

「我怎麼招待同學來啊？」明峰怒吼，「我要怎麼解釋明明在南投的中興新村，是怎麼搬到台中來的？」

「是啊！為什麼？」麒麟又開了罐啤酒。

「是誰把這裡住成了陽冥交界，又弄了個通道通往台中啊？」明峰又跳又叫，「說啊！是誰啊！」

「是誰這麼過分啊？」麒麟半醉地教訓人，「就算台中好吃的店比較多，也不該做這種事情嘛！難怪你活人就可以觀落陰，騎個機車就往冥界去了……」

「麒麟，妳不要撇清得好像都沒妳的事一樣！妳這害蟲！這萬惡的魔魁……」

晚餐就在這種吵吵鬧鬧的氣氛裡度過了，飯後他還被大吵大鬧的麒麟猛凹，硬逼著做了道焦糖布丁，而這個邊吃胃藥、差點撐死的女人，還吃掉了他和蕙娘的份……

雖然是這樣吵鬧，他卻覺得這才是他熟悉、可以安心留下來的地方。

去上學雖然好，但是他和同學不管怎麼聊天說笑，還是像隔著無形的玻璃。他明白，他的同學們也明白，他們是兩個世界的人。

這種孤絕感一直驅之不去，從他很小的時候，開始意識到會被魔物侵襲就開始了。

更讓人絕望的是，這種無影無形的孤絕感，讓他和別人不一樣。

去了紅十字會修煉，遇到了許多相同境遇的同學。和那些自認「天降大任、領有天命」，甚至自覺高人一等的同學們，他還是覺得格格不入。

只有跟音無相處的時候，他才會自在一點點，覺得他不是唯一的那一個。

直到現在，待在這個不像樣的禁咒師和她的式神身邊，他才覺得自然，才有可以歸屬的地方。

「我說啊，」他實在不想露出關心麒麟的樣子，「妳才是那個沒跟人類交往，有反社會傾向的人吧？整天關在家裡幹嘛？妳好歹也出去走走……」

「哈哈哈！」麒麟笑了一會兒，「我喜歡在家，你咬我啊！而且，我有朋友啊！」吃完了胃藥，她又倒了杯威士忌，說這樣可以「幫助消化」。（這是騙人的，好孩子不要學！）

「在哪？」明峰瞇細了眼。

「我有蕙娘、琵琶、月琴，還有酒。」她晃著杯子裡的冰塊。

明峰額上開始冒出青筋。

不滿意？她搔搔頭，「好吧，還有你。」她非常勉強地敷衍了一下。

「我說的是正常人類的朋友。」明峰逼近一點，臉孔發青，「大姊頭，妳故意的哦！」

「人類的朋友？」她呵呵笑了兩聲，卻沒有歡意。「我還有人類的朋友嗎？」這句說得非常輕，他差點以為自己聽錯。

她卻一揚眼，意氣風發地說：「人類啊，女的都是我的崇拜者，男的都是我的僕人啦！哦呵呵呵……」

我就知道！妳果然不是人類！

他悶悶地將桌子收乾淨，開始洗碗，洗著洗著，她那聲低語卻在他心裡迴盪不已。

我還有人類的朋友嗎？

他感到相同的戳心，但是，她到底多少歲了？據說「禁咒師」這封號已經數十年都是相同的一個女性，她到底多大了？

不能再想，不可再想，細想下去實在可怕……這孤絕，到底有多長久了？

洗好了碗，他探頭出去，沒看到麒麟。繞著屋子找也找不著……一直到聽到縹遠的琴聲，才發現她光著腳坐在附近的大樹上，一杯威士忌浮在半空中，沾滿了水珠，冰塊已經快融光了，她懷裡抱著月琴，錚錚然。

「當心摔下來哦！」明峰靠在樹幹上，臉色有點不太好看。

「你忘了我太祖婆婆是誰？」麒麟望著他，手裡漫彈不成調。

「馬有失手，人有亂蹄……」他一時緊張，開始胡言亂語。

「吃芝麻哪有不掉燒餅的？」她扶著額頭，「上來吧！」

默默地並肩坐在粗大的樹枝上，仰望天空，無月有星。

「今天，有個女孩子跟我談到學道的目的。我說，我學道雖然是不得已，卻不打算長生不老。真的長生不老，那不是自找當妖怪嗎？」

「你說得沒錯啊！」她張著大大的眼睛，「我也這麼想呢！」

「那麼，」明峰耿直地問：「妳為什麼長生不老？」

原以為她會發怒，只見她那雙大眼睛坦蕩蕩，一些貪念罪惡都沒有。

「這個嘛……」她彈了一會兒的月琴，「如果說是得了不治之症所以長生不老，你相不相信？」

「鬼才信！」

「不能這樣唬爛哦？」她輕嘆，「我想想怎麼唬爛你好了。我盡量唬爛得有誠意一點……」

「妳這個……」明峰想要破口大罵，一轉頭，發現她嘻笑的臉孔籠罩著憂愁的側影。他沉默了，繼續傾聽著她的月琴。

「長生不老是種毒藥。」麒麟難得正經地看著他，「如果不想成為妖怪，就不要被這個美麗甜蜜的毒藥誘惑。」輕輕捶了捶他的肩窩，「我很高興你不會被這種事情誘惑。」

如果妳真的高興，那就不要笑得那麼空洞好嗎？

那天晚上，沒有月亮，但是他睡得很不安穩。她那空洞卻脆弱的笑容，像是無淚的哀傷，整夜都在他眼前揮之不去。

＊　＊　＊

原以為雅棠已經被氣跑了，沒想到第二天，她又笑嘻嘻地黏過來，明峰雖然不太喜歡她，但是出手不打笑臉人，他也真的很難找到藉口不讓她跟。

漸漸的，大家都認為他們是一對。雖然他心裡大聲抗議，但是又不能夠大鑼大鼓地廣播申冤，只好忍受下來。

再說，她身上沒有妖氣，只是個單純的人類，他也就慢慢習慣她的存在了。

這天，明峰在學校餐廳吃飯，雅棠又笑笑地端了杯飲料坐過來，旁邊的同學很自然地讓座，真是讓人氣結。

「不吃飯？」他瞄了眼，很不適應。看慣了麒麟像是餓死鬼投胎，看到別的女生減肥到慘無人道，他會毛骨悚然。

「我在嘗試喝液體能不能維持生命。」她笑了笑，臉孔很是蒼白。

明峰不以為然地搖搖頭，「人是雜食性生物，既然上天這樣設計，我們就該遵循自然。當然啦，妳可以將所需的營養素和熱量都濃縮在液體裡，但是妳怎麼抗拒先天的欲望？我是絕對不會這麼做的……」

雅棠被他搶白得有些惱怒，「道士可以吃肉、吃蔥這些濁物嗎？你這酒肉道士憑什麼說我？」

「道家也有數百種道門，即使吃素，也是奪取其他生物的生命延續自己。難道動物、植物的性命有輕重嗎？別的道門我不知道，我的道門是不忌諱的。我認為抱著嚴謹的態度感激犧牲的生命，會比吃什麼、不吃什麼有誠意。」

雅棠的臉孔越來越白，「別說了……」

咕，又不是我去找妳說的！他悶悶地趕緊把飯吃完，剛剛站起來，她卻懇求地拉住他的袖子，「明峰，我不太舒服，送我回家好嗎？」

「不舒服該去醫院吧？」他語氣緩和了些。

「我只需要躺一躺……拜託，送我回家……」她臉色慘澹，像是支持不住了。

「所以說，女孩子減肥幹什麼？好好的把身體弄壞了……」他嘀咕著，「走吧，妳家在哪？」

雅棠坐在機車的後座，一路指點著明峰，雖然知道附近的學生幾乎都住在山區，但是她也住得太山區了！道路蜿蜒著隨著山勢迴轉，漸漸有些不分東南西北。

「到了！」雅棠指了指坐落在山腰的小別墅。「進來坐一下？」

「不用了！」明峰有種奇怪的厭惡感，只想趕緊回家，「妳好好休息。」

雅棠將安全帽遞給他，突然撲上去抱住他的脖子。

天啊！飛來豔遇哦？他僵住了，還沒想到該怎麼辦，只覺得脖子後面一痛。

猛然將她推開，一摸脖子，針刺般的，泛著一點點血絲。

「妳……」眼前的景象扭曲、變形，明峰感到一陣天旋地轉，立刻倒下。

靠！天上掉下來的果然只有鳥糞和災難而已……

* * *

「麒麟，我去買菜唷！」蕙娘幻化成普通的家庭主婦，提起菜籃。

「記得買酒哦！」麒麟有氣無力地大叫，天氣越來越熱了，她討厭冷氣，幾乎都掛在樹上不肯下來。

「妳既然這麼怕熱，為什麼還要喝會更熱的東西呢？」蕙娘無力地嘆口氣，走出大門。

雖然她也不太喜歡白天在外面亂走，但她畢竟修煉了八百年，陽光不足為懼，撐著洋傘是怕曬黑，倒不是怕會魂飛魄散。

以前都是明峰出來買菜的，說起來，這孩子真的很勤快，又很貼心呢！被曬了一天一定很熱，今天要煮些降火氣的好菜給大家吃……

「小姐，」一個瘦瘦高高的男人不太好意思地叫住她，「呃……今天我幫太太出來買菜，請妳幫我看一下，這是不是蔥呀？」

蕙娘笑了笑，「好呀！我看看……」她打開塑膠袋，立刻看見一把沾滿泥土和鐵鏽的菜刀。她全身的血液逆流，睜著眼，動彈不得。

這把菜刀是她還活著的時候用的，她用這把刀奪走了許多人類的生命，頓時，憤怒、貪婪、飢餓、痛苦和狂喜一起湧上，還有巨大如洪水的罪惡感。

這是最可怕的禁咒，她竟然因此而僵硬，失去了行動能力。

失去意識之前，她只看到男人在微笑——卑微恐懼的微笑，然後，她昏了過去。

*　*　*

很靜……雖然蟬鳴響亮得令人耳聾，但是麒麟還是覺得很靜。

蕙娘不在，明峰也不在，一片燥熱的大地，只有手抱的月琴還有些許冰涼。

先是緩彈慢挑，她閉上眼睛，彈著彈著，琴聲漸漸激越、奔騰，聲音越來越高、越來越急促，嘩嘩然如狂風暴雨，凶殘地打在乾枯的大地之上，形成陣陣煙塵，像是戰鼓頻傳、人馬雜沓，響起絕望的廝殺聲……

越來越快，快到讓人忍受不了，連心臟都要從喉嚨跳出來，尖銳的聲音漸漸細微、高亢，像是拋入空中的一抹銀絲……

砰！地一聲巨響，驟然停止。

好靜……連蟬鳴都沒有了。

她展開眼，美麗的臉孔布滿嚴霜。她的領域被侵犯，樹下圍著廣大的包圍圈，冰冷的氣息蔓延，太陽漸漸被日蝕所侵，暗了下來。

「沒膽子從中正機場入境，你們這批吸血鬼只敢偷渡嗎？」她輕輕笑著。

為首的男人還沉得住氣，女人馬上狂怒起來，「甄麒麟，我們是怕麻煩，並不是真怕了你們這群低等生物！」

男人微皺了眉，卻沒有說話。

「不怕我？」她閒適地撥了撥琴弦，「不怕我，那抓我的徒兒和式神做什麼？」

女人面子上下不來，「妳別說大話！如果是照我的主張，直接就殺上來了！要不是族裡的長老太膽小……」

「他們的膽小救了你們一命。」麒麟輕飄飄地跳下來，「怎麼？五十年前的『底特律大屠殺』……你們是這麼稱呼的吧？沒讓你們學到什麼？」

這群吸血鬼一起倒退了幾步，面有懼色。

這件事情可以說是吸血一族的恐怖事件，當時族中的激進分子決心要奪取人間，讓優秀的吸血族統治卑微的食物兼僕人——人類。

這些激進分子以底特律為基地，正在大張旗鼓，準備開戰之際，瞬間整個軍團都被消滅了。

沒有人知道發生了什麼事情，雖然吸血鬼的情報網是那麼龐大，龐大到紅十字會和各宗教山頭、甚至梵諦岡都有他們的眼線。但是什麼情報也沒有，只知道紅十字會派了禁咒師甄麒麟去「偵查」，偵查完畢，甄麒麟交上去的報告只有「已消滅」這麼幾個字。

「妳殺了……殺了我的家人！」女子非常憤怒，「我也要妳死！」

「來啊！」麒麟唇間泛出冷笑，「但是誰死還得參詳參詳。」

「薇薇安，別衝動。」男子勸告著。

「不要阻止我，路克，我非跟她拚了不可……」薇薇安憤怒地掏出長鞭。

「我會把妳的行為呈報給長老會。」路克警告她。

忍了好一會兒，薇薇安才哼了一聲，別開臉。

路克看了她一眼，平穩地面對麒麟，「大人，我們是奉命前來邀請妳加入我們吸血一族。」

麒麟連考慮也沒考慮，「我拒絕。」

「我勘查過現場，大人，妳會使用吸血一族都失傳的祕術。」路克的容顏凝重起來，「之所以全滅了軍團，是因為妳反轉了祕術。這些年來我們拚命想要解開祕術的奧義，統統失敗了，只好來請妳幫助我們……」

「我不是說我拒絕嗎？」麒麟睥睨著他們。

「我不願意使用人質這種卑劣招數，」路克示意，同行的吸血鬼立刻押來半昏半醒的明峰和仍然僵硬的蕙娘，「請妳重新考慮。」

「殺了他們，你們還想活著離開嗎？」麒麟靠著樹幹，輕鬆地撥著琴弦。

「妳寶愛他們的生命，不至於這麼做。」路克很有把握地望著她。

麒麟沒有說話，直直望進路克的眼中，路克也凝視著她。

良久，路克開口了，「大人，妳跟我們都是非人，何以偏重人類而輕於我等？人類宛如癌細胞，若是放縱不管，這人世遲早會毀滅。請妳慎重考慮，若是妳加入我們，式神發還於您，這人類由他自便。有妳這樣的親人派存在，或許對人類來說才是福音。先不要拒絕，不妨考慮一下。」

「你叫路克？」麒麟點點頭，「你說得很有條理。不過，先聽我說個故事。有隻非人，逃入了吸血族的原鄉。論長相呢，長得跟原住民的吸血族相似，習慣也相當，只是吃飯的習慣不太一樣。吸血族吸食鮮血，不過這隻非人的興趣卻是拿吸血族當飯吃。後來這隻非人越繁衍越多，喧賓奪主的說：『吸血族跟蚊子一樣卑賤，理當由我們非人當家。』你覺得合不合理？」

路克變臉，「請您不要強詞奪理！」

「為什麼是我強詞奪理？」麒麟質問，「這人世可是吸血族的原鄉？怎麼我記得，吸血族原是魔族，得了這種只能吸食血液的遺傳病，魔界議會怕這種遺傳病因為通婚拓展開來，所以將你們放逐到人界？說起來，移民好歹也尊重原住民一些。」

「妳身為天人之後，為何處處迴護人類？」路克有些動怒了。

麒麟的眼中泛著憤怒的精光，「你呢？路克先生？你原是人類，為什麼要維護吸血鬼？」

「我是吸血族！」路克幾乎失去控制。

「我是人類。」麒麟抱著雙臂，雖然赤足散髮，看起來卻是那麼的莊嚴、肅穆。「生物很可悲，遵從一個可笑的定律而行——延續種族的生命。這是任何能生育後代的生物都要遵從的。」

她望著路克，又說：「這就是我的『道』。」

相互怒目而視，空氣像是停滯下來，日蝕的時間長到讓人覺得恐怖，昏暗的天空像是世界末日。

「很遺憾，」路克終於恢復平靜，「我只能殺了妳。請妳將所有的法器交出來。」

「意思就是……我乖乖讓你們殺，你就放過我的徒弟和式神？」麒麟恢復輕鬆的態度。

「我一定不為難他們。」路克承諾，「請妳再考慮一下，我並不想失去妳。」

麒麟悠遠地看了看天際，「我相信你。我會拋掉所有法器，但是……能不能殺死我，要看你們的本事。」

她拋下了手裡的月琴，這時，悠悠醒轉的明峰聽去了大半，他努力發出聲音，卻沙啞得可怕。

「逃啊！笨女人，先逃再說！妳……咳咳咳……就算妳死在這兒，我們就真能活命嗎？妳快跑啊！跑了我們才有一點點生機……」

「你太吵了！」薇薇安轉著碧綠的眼睛，猛然揮出一鞭勒住明峰的脖子，差點將他勒死。「卑賤的人類！」

「喂，欺負小孩子幹嘛？」麒麟瞇細了眼，「這裡到底誰做主？」

路克隔開了薇薇安，解下纏在明峰頸上的鞭尾，他的脖子已經鮮血淋漓了。「別逼我，薇薇安。」

薇薇安滿腔怒氣沒得發洩，她長鞭一指，「脫掉！」

「不要侮辱她！」路克生氣了。

「當然要她脫光。」薇薇安惡意地笑著，「你敢擔保她身上沒有法器？說不定衣服就是她的法器或武器，你能承擔後果嗎？若是部隊因此受了損傷，你能夠負起這個責任嗎？」

「不要脫……」明峰已經啞不成聲，「快逃啊！麒麟……」

麒麟溫柔地笑了笑。這個總是讓他氣得又叫又跳的任性女子，卻在這種性命交關的時刻，露出慈悲的微笑。

她開始脫衣服，先是上衣、胸罩，然後是短褲。這樣倍受尊崇的禁咒師，居然脫得一絲不掛，在眾目睽睽中等待死期。

但是她的神情，卻是那麼輕鬆自在，像是穿了莊嚴的禮服一般，皙白的肌膚光滑得幾乎會反光，路克反而有些不忍地別開臉。

若是可以，他完全不想殺她。

「請妳再考慮一下，禁咒師大人。」他幾乎是哀求了。

「別求她了！中國人不是說『求仁得仁』嗎？」薇薇安囂張地笑了起來，「妳殺了我的丈夫、兒子和女兒，我不會讓妳那麼快就死去……」

她拿起長鞭衝過去，「我要讓妳流乾所有的血，讓妳跪地求饒，痛苦到最後一刻！」

「不要折辱她，薇薇安！」路克想阻止，但是其他興奮的軍官反而將他攔下。

「路克指揮官，你太懦弱了。」年輕軍官的眼中充滿了嗜血的狂熱，「請你靜靜看著薇薇安副指揮官的處置吧！」

他轉頭不願意看，薇薇安使盡力氣揮下一鞭，這一鞭從頸項劃過前胸，直到右腹。傷口驚人地深，深到可以看到部分的臟器。鮮血更刺激了這個女吸血鬼，她露出獠牙，準備撲上麒麟雪白的頸項……但她發現她動彈不得。

遼闊的傷痕慢慢滲出血，一滴滴落在地上，像是血染的珍珠滾動著。一共落了四十九滴，滾動中緩緩捲騰著霧氣。霧氣中，薇薇安像是雕像一般，保持著奔跑的姿態，卻動也不動。

血珠漸漸滾散開，在冉冉的霧氣中，有人影站了起來，影影綽綽的，看不清楚。

看守著路克的軍官瞪大眼睛，莫名的恐懼掐緊了他們的脖子，叫也叫不出來。好不容易出聲，卻是哭號似的大叫，一面像發瘋似地拚命開槍，但這些子彈，卻在霧氣之前如雨般落下。

霧氣漸散，裸身的麒麟唇角露出豔如鮮血的微笑，巨大的鞭傷蒼白著，隱約露出暗紅的臟器。她輕啟嬌嫩的唇，「問問自己，你們是誰？」

幢幢鬼影轟然如天雷之怒，隆隆地回答：「**我們是熱心黨伊斯卡利奧得猶大！**」

路克瞪著眼睛，他不敢相信，禁咒師居然在身體裡面藏了這樣的式神。「撤退！快撤退！」

自從那群式神開始說話，薇薇安發現自己的手腳又可以動彈了。發現自己沒有受到什麼傷害，不禁又羞又怒，「妳居然用幻術欺騙我？我饒不了妳！」

她揮鞭，鞭尾卻被麒麟輕輕鬆鬆地抓住。「那麼，」她的力氣大得驚人，「伊斯卡利奧得，我問你們，你們右手拿的是什麼？」

「短刀和毒藥。」式神們面無表情地現形，相同的慘無人色的臉孔，穿著修士般的黑衣，脖子上掛著有著十字架的粗大鎖鏈，他們揮著右手的短刀，噴出慘綠的毒，嗅聞到的吸血鬼莫不慘號不已，不斷抓耙自己的皮膚，頓時鮮血淋漓。

「那麼伊斯卡利奧得，我問你們，你們左手拿的是什麼？」麒麟像是在發光，強大的電力透過鞭子，幾乎痲痹了薇薇安，她無法放手，只能在肌膚焦黑的劇痛中慘呼。

「三十兩銀子和粗繩。」式神們的口裡冒出火焰，飛馳著追捕四散哭叫的吸血鬼，用粗繩把他們像畜生一樣拖在地上。

「那麼，伊斯卡利奧得，你們是誰？」麒麟將長鞭繞在薇薇安的頸項上面，緩緩地升空，被勒著脖子的薇薇安不斷掙扎。

「我們身為使徒，但又不是使徒。

我們身為信徒，但又不是信徒。

我們身為教徒，但又不是教徒。

我們身為叛徒，但又不是叛徒！」

眾式神如雷的回應，將原本青翠的草地化成人間煉獄，哭號的吸血鬼四散奔逃，卻讓無情的狂信者式神揪倒、撕裂。

「我們是死徒！我們就是死徒！

我們只是伏在地上，請求主人的允許，

我們只是伏在地上，自願為主殺敵。

自願在黑夜中，揮動短刀，並在晚餐裡下毒。

我們是刺客！我們是刺客猶大！」

冰冷的話語隆隆地像是經文，從一張張蒼白的口中吐出。路克沒有逃也沒有躲，只是瞠目看著這應該是吸血族祕術的狂信死靈之咒。

不可能的……咒文早就佚失了，她是哪兒找來這樣的咒，還反轉成死敵天主教狂信者死靈的式神？

雖然她看起來這樣可怕，用長鞭勒著掙扎的吸血鬼，漂浮在空中散發著強烈的白光，臉上露出狂信者才有的瘋狂喜悅，但她也是美的。一種莊嚴的、恐怖的、震懾人心的絕美。

這就是解不開的祕術，他居然親眼看到了！就算是現在死了，他也……

接著，黑衣式神抓住了路克，將他撕裂。

蕙娘卻沒有一絲高興，她流著淚，「不行……不能啊……」奈何身上一點都不能動，「明峰，把我懷裡的菜刀拿走……」

重傷的明峰咳著，半爬半跌地伸手到她的懷裡，取走了那把生銹的菜刀。

「別讓她把咒念完……」蕙娘勉強站起來，又倒了下去，「她支持不到結咒……」

扶抱著蕙娘，明峰盡量保持意識清醒，他的腦筋十分昏沉，像是身在一個巨大的惡夢。

「麒麟，麒麟，別再念了！」他以為自己在大叫，受傷的嗓門卻只有瘖瘂的低吼。

麒麟狂喜的臉轉過來，露出一個蒼白卻透明的微笑，看起來非常哀傷。

「時間一到，我們就把三十兩銀子丟給神，

然後垂上粗繩，將我們的脖子穿進粗繩圈內，上吊而亡。

接著，我們就組成徒黨，跳下地獄，排成隊伍、列成方陣，

渴望和七百四十八萬五千九百二十六隻地獄惡鬼，展開一場大戰！」

式神吐出最後的回應，日蝕漸漸消失，焦熱嚴峻的太陽降臨大地。

浮在半空中的麒麟，傷口開始潺潺地流出血，像是穿了豔紅嫩白交織的緊身衣。她

吐出最後一句──

「直到默示日為止！」

在麒麟噴灑的血雨中，狂信的式神發出撼動天地的叫喊，她像是將體內的血液都流盡了，從半空中墜落下來。

明峰止不住腮上的淚，衝上前試著接住她，最後是蕙娘和他合力才勉強抱住她。她的身體，已經開始冰冷了。

「還……還沒完。」麒麟的唇白得跟雪一樣，「去收他們回來……不然這些狂信者會殺死所有不信主的人……」

「我不知道怎麼做！」明峰哭了起來，「妳千萬別死啊！我會買酒給妳喝，妳想吃什麼，我都會去張羅的……」

「你……你一定可以的。」麒麟勉強地微笑，「你記性很好……你記得吧……我剛說的起咒……」

她漸漸昏迷過去，「他們……要收……我不該放出來……蕙娘快走……他們不會分敵我……」

蕙娘抱著麒麟慘哭起來，「主子，主子，妳醒醒啊……妳現在的體力不能喚這個咒……為什麼妳要這樣……」

殺光了所有的死敵，狂信式神圍攏過來，一雙雙的眼睛閃著瘋狂的光。

我可以！我一定可以！我絕對不讓蕙娘和麒麟死在這裡！

「**問問自己，你們是誰！**」他咬牙切齒地吐出第一句主導咒。

這是第一次，他靠自己的力量指揮式神（而且是數量非常龐大，力量險惡的式神），他不但成功地將式神馴服，因為麒麟垂危，他還將四十九個狂信者式神收入自己體內。

但是，他一點也高興不起來。

而且之後林雅棠居然還來找他，憤怒過度的他揚手就給她一個耳光。

「我有什麼不對？」雅棠大叫，「那些吸血鬼答應讓我成為他們的同族，我就可以永遠青春美麗了！怕老有什麼不對？怕死有什麼不對？」

「妳去當妖怪吧！」明峰鐵青著臉，「去啊！去當吸血鬼啊！跑來找我做什麼？」

「組織消失了。」她不斷湧出眼淚，「救救我……明峰，我聽他們說，你的師父也是長生不老的。我不要老，我不要死……拜託你介紹我拜師好不好？我什麼都可以給你，只要是你要的，我人也可以給你，我還是處女……」

「走開！」明峰一想到麒麟便心如刀割，「不要再出現在我面前，不然我就殺了妳。」

他轉頭離去，回到昏迷不醒的麒麟身邊，臉色鐵青。聞訊趕來的音無，不忍地按了按他的肩膀，他轉身埋在音無的懷裡哭了起來。

這一役，麒麟差點死去，之後還臥床了很久，連大聖爺都不認為她會活了。但她像是頑強的野薔薇，居然活轉痊癒過來。

但那也是很久以後的事情了。

*　　*　　*

等麒麟清醒到會虛弱地吵著要喝酒，雖然滿想扁她的，明峰還是感動到差點哭出來。

「妳也不看看自己連衣服都不能穿，包得跟木乃伊一樣！」他用最大的聲量吼她，「喝酒？我拿點滴灌死妳算了！」

「好可怕哦！」她顫顫地把被單拉高一點，「嗚嗚……蕙娘，明峰欺負我……他吼得我傷口要裂開來了……」

「不痛不痛，秀秀哦！」蕙娘趕緊抱著她，「明峰，不要跟病人大小聲。」

「好痛哦……」她繼續啜泣。

「乖乖，傷口縫好了，音無也幫妳清除了邪氣，很快就痊癒了哦！」蕙娘憐愛地摸摸她的頭髮，「想吃什麼？我去煮。」

「嗚嗚……我想喝香檳，要冰得涼涼的哦！」

「……」圍在她病榻旁的三個人一起瞪大了眼。

會想要訛詐酒來喝，可見是好多了！明峰只能這樣自我安慰地想，省得一時衝動掐死了她。

「那四十九個式神呢？」麒麟摸了摸胸口，發現式神沒有收進來。

「我收到身體裡了啦！」明峰遞了杯葡萄汁讓她解解饞。

她望著他良久，突然雙手合十，「南無……」

「喂！這是什麼意思？妳不要念往生咒，我還沒死咧！」啊啊啊，他是把什麼收進身體裡了？

她有些不安地挪了挪身子，「想當初我收這四十九個式神可是花費了很大的工夫的。幸好是各個擊破，還有蕙娘幫著我，要是他們一起打過來，連我都撐不住……」

「主子，就勸過妳了，不要什麼流浪的危險鬼靈都收起來當式神。」蕙娘溫柔地勸著，「這四十九個危險到無法淨化、超渡，是當年殺女巫風潮的狂信主謀核心。連地獄都不敢收，魔界也不敢要，妳真是膽大包天，以後不要亂撿這樣危險的流浪鬼靈了……」

（喂！喂喂喂！不要把這麼危險的鬼靈說得跟流浪動物一樣好不好？）

原來……他體內的式神來頭這麼大啊？天啊……明峰僵住，呆呆地看著麒麟。

「我當年可是收得很辛苦的。」她喝了葡萄汁，厭惡地皺了皺臉，「但是這四十九個用水晶封不住，動不動就跑出來作亂，實在傷透腦筋。什麼密宗啦、陰陽道啦，連十字架我都用過了，還是活潑亂跳，不聽指揮。要不是意外得了吸血鬼的祕術，我還不知道可以用鮮血收他們到體內……」

「還真是辛苦妳了。」明峰的臉孔開始慘綠。

「就是呀！」她很是傷腦筋，「但是祕術雖然教了我如何收服他們，使喚的咒語又佚失了，怎樣都找不到，只好另闢蹊徑，花了十年，試驗了無數咒語，這些狂信者還是桀傲不馴，我《新約》、《舊約》、猶太經典統統試過，甩都不甩我！後來用了平野耕太的『咒』，這才終於找到解決方案……」

明峰有種說不出的強烈不祥感，音無抬頭想著，平野耕太……聽起來像是中文翻譯，但是，日本有這位大師嗎？

「這個平野耕太是……」明峰不想問，但是這玩意兒藏在他身體裡啊！

「日本漫畫家。」麒麟顫巍巍地舉起手，「他原本是插畫家，他畫的《厄夜怪客》很有魄力哦……」

她是說，這麼危險的「爆裂物」，她居然用漫畫對白來指揮？

「雖然說可以使喚，但是這些狂信者實在太凶殘了。」她攤手嘆氣，「收服以後，我只用了三次。一次用在三角洲，一次用在底特律，這次就是第三次了。每次用都好危險，幾乎都收不回來……」

「收不回來會怎樣？」明峰幾乎要流淚了。

「會被反噬啊！」麒麟笑嘻嘻地回答。

「麻煩妳幫我把這些拿出來。」他簡直熱淚盈眶。

「這個……」她不好意思地笑笑，「因為封住式神的血液藏在身體很深的地方，不是身受重傷叫不出來，我花了不少時間修煉，才能夠在輕傷狀態叫出他們呢！」

「要修煉多久？」他開始哭了。

「十年左右吧！」她揮揮手，「很快的……」

「我不要把性命交給妳，也不要把性命交給漫畫對白！」天啊，他逃妖怪都來不及了，居然在身體裡藏了最窮凶惡極的「一群妖怪」！

「我受不了啦！我再也受不了啦！讓我回去當圖書館員！我不要跟著妳，太可怕了啦！」

七、麒麟同學會

麒麟倒下那一天，非常漫長。

身上有傷的明峰和蕙娘辛苦地將垂危的她抬進屋子裡，蕙娘勉強打起精神，「明峰，快去將所有的窗戶關起來。這房子是有結界的，所有的窗戶和門都要關，千萬不要漏掉了……」

「她需要送醫院！」他想招車。

「這種傷怎麼送醫院？」蕙娘焦急地推他，「你沒看她的傷這麼『髒』？醫院只會幫她縫起來，消毒水可以去邪氣嗎？快去！不然聞風而來的妖魔會拆了這裡！」

他這才醒悟過來，趕緊上上下下地關窗戶。關到一半，窗外突然下起傾盆大雨，夾雜著鬼哭神號，他一急，廚房的特訓無意間使了出來，瞬間關了整個洋樓的門窗。

「啪！」地一聲，停電了，黑暗中，他只聽到自己的喘息聲。

凝了凝神，他打亮火符，憑著一點微光摸到她的房間。蕙娘似乎不知道停電了，周身冒出慘綠的火花，將房間照亮，專心一意地將妖氣紡成細絲，正準備幫麒麟縫合。

麒麟已經擦淨了身上的血跡，皮膚白得發青，可見失血過度了。她閉目躺著，胸口幾乎沒有起伏。

「麒麟！」明峰臉孔一變，撲了上去，他的心開始絞痛，為什麼就離開一會兒……

「她還沒死。」蕙娘咬下指甲化為極細的銀針，「只是『龜息』而已。你先幫她祓禊清傷口，我幫她把傷口縫合……」

傾盆大雨的夜裡，他完全想不起來麒麟的身材怎麼樣，他只記得那驚心動魄的傷口，翻捲著，隱隱可以看到暗紅的臟器。順著他祓禊過的地方，蕙娘幾乎耗盡所有妖力，將傷口細細縫合。

「應該可以了，」蕙娘直起腰，一陣天旋地轉，明峰趕緊扶住她。「我還不能倒下……這屋子的結界撐不了太久，我得寫個e-mail……」

「我寫！我去寫！」明峰大叫，「蕙娘，妳千萬不要出事，否則我不知道該怎麼辦，我真的不知道啊……」

蕙娘勉強打起精神，摸了摸哭泣的明峰，「你脖子上的傷也得包紮一下……」

「那個不要管啦！」明峰哭著說，「要寫什麼？寫給誰？」

「通訊錄是『同學會』那一個……」蕙娘耗費了太多妖力，連說話都費力了，「就說出了大事，趕緊回來護法……」

明峰慌著趕緊去寫，等發完e-mail以後，他才想到——奇怪，不是停電嗎？

他的臉孔有點發白，眼角挪到插座……是啊，這部電腦沒有插電，那他到底是……不，和麒麟住在一起久了，這種事情稀鬆平常也說不定。只是不知道這封e-mail是寄到哪兒罷了？但他還是別想下去比較好。

回到麒麟的房間，坐著的蕙娘幾乎和她一樣虛弱。擔心又害怕地護著這兩個女人，模模糊糊的覺悟到，她們在他心裡已經等同血親的重量……

突然，玻璃窗咯咯作響，像是隨時會破裂，指爪爬搔玻璃窗的聲音令人毛骨悚然。他摸了摸自己的胸口，或許他這個老是臨陣遺忘咒語的兩光道士，還有最後一張王牌……

「蕙娘，要怎麼召喚藏在我身體裡的式神？」他豁出去了！

蕙娘有氣無力地張了張眼，笑了笑。「這個你還不忙著學會，等麒麟醒了……」

她眼中湧出淚水，她從沒見過麒麟傷得這麼重過，生於憂患死於安樂，她們就是太安逸了，才沒有察覺仇家殺了來。「等她醒了，她再慢慢教你……」

「但是現在……」明峰急了。

「現在你只要祈禱就可以了。」蕙娘將流滿淚水的臉貼在麒麟冰冷死氣的臉上，「我希望……我也能祈禱。但是我這樣罪孽深重的殭屍、啃噬同族的殭屍，是得不到上天垂憐的……」

「才不是這樣！」明峰抱著她哭，「蕙娘最好了！我最喜歡蕙娘了……」

他含淚喃喃地念著經懺，希望他的聲音可以得到上天的憐憫。

* * *

距離中興新村約百里的山裡，萬里無雲，老農夫坐在田埂抽著菸，暈黃的菸嘴看起來跟他一樣蒼老。

他的打扮既奇怪又和諧，穿著洗得發白的藍布唐裝，褲腳捲著，足上沾滿泥土。他年紀已經很大很大，連曾孫都出生了。這幾塊薄田是老人家的娛樂，不過，也夠他吃穿就是了。

滿足地噴了口菸，他看著青翠的稻苗，心裡緩緩計算著今年的收成。藍天白雲，與世無爭，誰能如我老農樂……

轟地一聲，他警覺地望向自己的家，最小的孫子慌張地從窗口探身出來大叫，「爺爺！你那台沒插電的電腦爆炸了！」

咦？他聳身跳起，敏捷地起落數下，在稻田的水面「飄」過，飛上二樓的閣樓，讓閣樓的小朋友們都目瞪口呆。

「就跟你們說過了，我爺爺可是練過輕功的！」他的孫子得意地向同伴炫耀。

老農夫沒空理孫子，只見電腦嗡地一聲開機，一則信件夾雜著咒力，閃啊閃的，他火速一看，大叫一聲不好，坐下來運指如飛地回信：

「眾學弟學妹：

老學長距離師尊最近，先行救駕，你們隨後再來。」

然後就轉寄了一封群組信。

「你爺爺打字這麼快啊？」這些小朋友真是崇拜到五體投地。他們只知道這位爺爺農暇時還兼任道士，沒想到他還這麼多才多藝。

老農夫瞅了這些孩子一眼，又從二樓跳了下來，直奔倉庫，將一個很大的油布扯下來——赫然出現一台保養得宜的輕航機。

「爸！」最小的媳婦呆掉，「你不會要開那台吧？爸，你年紀大了……」

「媳婦兒，今天我不回來吃飯，不用煮我的份。」他匆匆戴上安全帽，「老歸老，我可是老康健！」

一拉油門，輕航機飛快地起飛，一升空，像是點了渦輪引擎，轟地一聲疾馳而去。兒媳婦跑了出來，公公的輕航機已經是天邊的一顆星星了。「你也讓我幫你做個便當，不然帶個水壺去也好啊！」

* * *

撒哈拉沙漠

一個金髮碧眼、穿著道氅還搖著羽扇的美女，微笑地望著狂風席捲的沙魔。他們對峙已經有一天一夜了。

「沙魔大人，」美女沒有放棄說服的希望，「您也聽聽小女子的勸，到這兒也就是了，何必繼續侵吞水源？您好歹也是自然精靈，小女子尊重您，又何必讓我為難呢？」

沙魔吼了一聲，噴了美女滿口沙子，算是回答。

美女沒好氣地抹抹臉，「大人，就不能好好說嗎？」

突然，口袋裡的手機爆炸，她嚇了一跳，「等等，我接個電話。咦？是e-mail？」

沙魔哪容她接電話，狂吼著奔過來，夾雜著驚人的沙塵暴，漫天漫地而來。

「吵死啦！」火速看完內容的美女變臉，「好好跟你說你不聽，一定要逼得我痛下殺手嗎？」

她那溫和勸說的容顏變為夜叉模樣，連咒都不念，只是痛打沙魔，「麒麟出事啦！

你還拖我時間？還拖？聽不聽話？要不要回屬地？不聽話就這樣打死你！」

不到五分鐘，她就打電話回紅十字會，「『說服』了！接我的飛機呢？不不不，調架戰鬥機來接我……」

「說服得這麼快？」她的長官一怔，「喂！那是自然精靈，妳該不會打他一頓逼他聽話吧？這樣會觸怒那邊的神祇的！」

「我是不是說服你了？」她冷冰冰地揪著沙魔的頭髮，沙魔含著眼淚，頭青面腫地拚命點頭，「是，我是說服他了。快派戰鬥機來接我，麒麟出事了！」

* * *

華爾街

瀟灑的男子無奈地蹲在門外，「傑森，我們再談談好不好？」

帶著摔角面具的男人吼叫得有點悶，「不好！我要殺光所有的人！快把這個該死的房間打開！」

「警方一定要我把你抓起來歸案。」瀟灑男子耐性地說服著，「你聽我說，這州沒有死刑，反正你在外面流浪苦得很，沒得好吃好睡，何必呢？到了監獄有吃有住，何等划算？你殺了那麼多人，也該滿足了……」

「我要殺人！」傑森怒吼得辦公室為之震動。

瀟灑男子回頭望著警長，「連辦公室一起炸死比較好。」雖然也未必炸得死，這傢伙成了妖人了。

「不好！」警長氣得鬍子都翹起來，「我一定要逮捕他歸案！」

大家都這麼有個性，就我最沒有！男子失去了瀟灑，默默地在地上畫圈圈。房間裡面不斷廝鬧，機械的聲音到處亂竄。

「傑森，你再考慮一下如何？如果你乖乖的，我設法弄些屍體給你玩……」

「我要殺人！放我出去！放我出去！」

正要繼續勸說，瀟灑男子的袋子突然炸得跳起來，他訝異地拿出筆記型電腦，打開螢幕，臉色漸漸發白。

「我再問你一次，你要不要歸案？」他的聲音變得森冷。

「我要殺人！」

瀟灑男子站起來，猛然拉開布好結界的大門，只見一柄電鋸衝了出來，警察們紛紛四散尋求掩護……

那男子不知道怎麼閃的，已經溜到傑森的後面，怒吼的電鋸居然頹靡下來，漸漸不動了。

但是龐大的電鋸還是很可怕的凶器，已經成妖的傑森拿起電鋸砸下，只怕那男子的頭要稀爛了……

男子不再瀟灑，反而顯得分外猙獰，他掄起拳頭，將符咒打進傑森的面具裡面，連面具帶臉都稀爛了。「好好跟你說你不聽，我現在很忙！」

傑森倒在地上，不再動彈，男子忿忿地將手銬銬在傑森手上，「逮捕歸案了！」

「你逮捕一具屍體給我幹嘛？」警長大叫。

「他還活著！」男子匆匆衝破窗戶跳下，「我有急事……計程車！」

「呃……這裡是二十樓耶！」

＊　＊　＊

玻璃窗的騷動更厲害了。

隨著麒麟快速的衰弱，窗外的妖魔鬼怪更肆無忌憚。窗戶的結界最為脆弱，隨著妖魔數量的增加，已經越來越撐不住了……

「啪！」地一聲，明峰貼上沾滿血跡的火符。他終於冷靜了點，想起符論老師教導過的驅鬼符。雖然用處不大，但還是可以勉強撐一下。

窗外的魑魅魍魎卻更為騷動，他的血肉對他們來說，不啻是上等佳餚，裡頭有這樣絕佳的陽男陰女，更惹得他們如痴如狂。

他不知道補強了多少張用自己鮮血寫的符咒，只希望能夠多搶得一點時間。雖然他怕得要死，但是他更怕麒麟和蕙娘死在他面前。與其如此，還不如流乾了血先走一步算了！

正在命懸一線、岌岌可危的時刻，一陣轟轟聲從遠處而來，半昏半醒的蕙娘睜開眼睛，原本在窗外騷動的群魔突然都離開了，撲向暴雨中飛舞翻騰的物體。

「俊英？是俊英嗎？」蕙娘推開窗戶，對著外面大叫。

「蕙娘子，師尊要不要緊？出了什麼事兒？」開著輕航機在暴雨中飛行的老農夫大叫，一面輕巧地閃著洶湧而來的魑魅魍魎。

「俊英……」蕙娘哭著，「麒麟不太好了！這些魑魅趁麒麟傷得爬不起來，都欺負我們弱女子！我也受了傷，你小學弟也拚了命，但他還小呢……」

「是誰傷我蕙娘子？」老農夫大怒，一個急轉彎猛然降落，在暴雨中爬出機艙，「蕙娘子和師尊是你們可以碰的嗎？下賤的魔神仔！」

「危險啊！」搞不清楚狀況的明峰恐懼地大叫，「快進屋裡來！老爺爺。」他急得要跳下去，蕙娘死命抱住他。

「小學弟，」俊英獰笑，「瞧瞧老哥哥的手段！」

他伸手於天，足踏禹步，「天生萬物以養人，人無一德以報天……」強大的氣膨脹爆裂，簡直像是炸彈的威力，「殺殺殺殺殺殺殺！」

只見他容顏光滑如少年，全身肌肉賁張，大喊一聲「鬼來！」，立即幻化成提首級、持大刀的猛漢，憤怒地拋下首級，怒吼如天之怒，「殺——」

刀起刀落，管他是魑魅魍魎、妖魔鬼怪、有形無形，盡皆人頭落地，殺得群魔慘無人色，只敢在他身邊環繞周旋。

蕙娘含著眼淚，微紅著臉，「幾十年不見，俊英還是這麼帥。」

這不是討論帥不帥的時候吧？蕙娘大姊……

只見一道雪白的身影從天而降，居然只憑一把扇子就架住了俊英的大刀！這又是何方鬼神啊？糟了……

「擋我者死！」殺紅眼的俊英怒吼。

「老學長，連學妹都要殺？」金髮碧眼的美女眨了眨眼，「那個戰鬥機的駕駛忒不濟，也不肯飛近一點，讓我駕著降落傘飛這麼遠！這樣你還要我選落點？我落得很準了！」

「呿！莉莉絲，」俊英不耐煩地將她推一邊，「別擋路！這些該死的雜鬼傷了蕙娘子和師尊啊！」

「鳳凰！叫我的中文名字鳳凰！」莉莉絲生氣了，碧綠的眼睛都是怒火，「搞屁啊！你們這些雜鬼也不掂掂自己的斤兩，我家麒麟是你們可以碰的嗎？」

她喃喃地呼喚上天，「敕奉中天玄帝青五木郎令……風將喚來，急急如律令！」羽扇一掃，狂風大作，竟將房子周圍五百公尺內的妖魔都飛掃出去，同時乘機在四個方位安下新的結界。

「莉莉絲！妳把他們刮這麼遠，我還得費神去追！」俊英氣急敗壞地衝上前。

「靠屋子這麼近打，你也顧一下麒麟和蕙娘的安危！」她撐住結界，「叫我鳳凰啦！我討厭那個名字！」

「你們都還好吧？」平地出現一輛計程車，男子連滾帶爬地跑出來，「記帳！記帳！現在是給錢的時候嗎？厚……我恨死你們這些死要錢的鬼車了！」他慌張地丟出一捆紙錢，「不用找了！」

「阿旭，你會不會來得太慢？」莉莉絲忙著施展五雷法，「麒麟特地教了你鬼車地行耶！」

「妳跟我說有什麼用？」阿旭掏出槍，砰砰砰地解決了幾個想要破壞結界的妖魔，「妳跟那欠砍的國境管理說啊！搭個鬼車還要出入境，他奶奶的，耽誤我的時間！」

「幫我護法啦！你們不要各打各的打得很爽，男人就是這麼討厭！」莉莉絲罵著，

「一次滅了他們啊！」

兩個心不甘情不願的男人這才拋下妖魔站在她身後，做個天輔地弼，阿旭還抱怨著，「我才剛來，打沒幾隻……」結果被莉莉絲一瞪，把下半截的話吞下去了。

「天誅！」莉莉絲施展五雷法，一聲驚天動地、惹得附近起了地震的大雷打了下來，邪惡的空氣破滅得乾乾淨淨，魑魅魍魎哀叫著逃竄無蹤。

原本暴雨不斷的中興新村，居然立刻萬里無雲。

「連這種小角色都沒辦法擋嗎？」莉莉絲喃喃念著，恐懼地往屋裡飛奔，退了附身的俊英和阿旭對看一眼，臉孔蒼白地跟著奔進去。

「師尊！」

「麒麟！」

「親愛的！」

三個人慌張大叫，只見他們親愛的老師氣息微弱地張開眼睛，裹得像是木乃伊一樣，靈氣低微得連個普通人都不如。

「你……你們……」麒麟奄奄一息地指著他們，手指不斷顫抖，「你們跑來幹嘛？

沒事幹了嗎？吵什麼吵？吵死人了！」

才說了幾個字，她已經喘個不停了，幾個人面面相覷，莉莉絲正要開口，卻被俊英捏了一把。他恭恭敬敬地回答，「師尊，我們回來開同學會。」

「別在我屋裡吵吵鬧鬧……要開同學會……哪兒不能開？」她斷斷續續地倔強著，「滾、滾遠一點……哪兒涼快哪兒發芽……」

「主子，妳不要說太多話……」蕙娘趕緊解圍，轉頭對明峰說：「你看著主子，我招呼一下你學姊、學長……」

她領了這三個人出來，站在走廊躊躇了一會兒，倒身下拜，「主子她……她是很高興你們來。只是她心性高傲，不想讓學生們看到她這樣狼狽……」說著就哭了。

俊英趕忙攙起她，「哎唷，蕙娘子，我們昨天才認識師尊嗎？說到底，她只是不願意我們擔心勞累。當她的弟子，難道連幾句話也挨不得？到底出了什麼事情，妳說說看，我快要急死了！」

「是呀，蕙娘，別放心上。」

「親愛的就是這樣囉！她的脾氣也是讓人著迷的一部分……」其他兩人也忙著勸慰

蕙娘。

外面的人說的話，明峰倒是沒聽到，他只顧看著清醒過來的麒麟，她面著牆，一動也不動。

「我的確老了。」她的聲音十分軟弱，「居然衰弱到要等學生來救……」

「不是這樣的，」明峰第一次見到自己的學長學姊，「麒麟很厲害，非常非常厲害！若不是我成了他們的人質……」

「不要安慰我了。」麒麟的肩膀微微抖動，「我想……我好不了了，只是還有個心願沒有完成……」

「不要胡說！」明峰扳過她的肩膀，心痛得幾乎要碎了，「妳會好的！有什麼心願，我先幫妳達成好了……」

「我想喝杯冰冰的香檳，要搭配一塊黑森林蛋糕，不要做得太甜，你每次都弄得那麼甜……如果有個番茄起司那就更好了……」

這下，他確信她死不了的！

＊　＊　＊

那個女吸血鬼的一鞭焠煉了許多邪氣在內，對修行者來說，不啻是劇毒。雖然明峰緊急處理過，但是他原本就不精於祓禊，麒麟的學生又都長於攻擊不善於治療（跟他們的老師還真是相似），所以傷口痊癒得非常慢，還是明峰打了電話請音無來清淨傷口，這才把邪氣祓除。

「鸚鵡，你來啦？」奄奄一息的麒麟還有心情開玩笑。

「是音無！」這已經不知是他多少次想弒師了！

「沒關係，」音無好脾氣地笑著，握著麒麟的手，「是我不好，我早知道有災，應該留下來的。」

「什麼嘛！」麒麟虛弱地笑笑，「你能好端端地幫我治傷才是真的好呢！」她溫柔地拍拍音無的手背，「如果你能說服你同學讓我喝杯香檳的話……」

「冰過的鹽酸如何？」明峰氣得臉都變色了。

「我好害怕哦！」麒麟往被子裡鑽，「他那麼大聲，我覺得傷口好痛……」

痛死妳算了！啊，打死他也不會承認，她幾度垂危的時候，他擔心得在音無的懷裡哭……

這絕對不能承認啊！

而解除危機之後，家裡突然熱鬧了好幾倍。

三個學長學姊乾脆住下來了，另外五個學長學姊都在百忙的工作中硬是休假或曠職地趕來，小小的洋樓一下子熱鬧得要命。

紅十字會自然很頭痛，麒麟的八個弟子都是寶貴戰力，人手就已經不足了，這八個人還利用師病這藉口乘機放大假，更是忙得左支右絀，實在吃不消了。最後總部決定改派其他部隊來支援防守，但尊重禁咒師的身分，於是先通知一聲。

「為什麼我要讓廢柴們來保護我？」麒麟抓著電話激動地大叫，「你們是瞧不起我是吧？啊……蕙娘，」她有些驚心地看著血跡漸漸擴大的繃帶，「我好像把傷口吼裂了……」

蕙娘氣得發抖，抓起電話，冷冰冰地說，「不要再打來了！我管你紅十字會、白十字會，就算是彩虹十字會，再打來我就把你們滅個乾乾淨淨！」然後砰地一聲摔了電話。

「針！線！音無！音無啊……」蕙娘慌張地扯開嗓子大叫，「主子的傷口裂了啦！」

「什麼?!」正在喝酒聊天的弟子們警覺起來，「師尊，妳要不要緊？」

「親愛的，妳還沒答應我的求婚……雖然弟子娶師父是有點怪，但都二十一世紀了……」

「麒麟，妳怎麼樣？」

「要不要先用雲南白藥止一下血？」

麒麟已經忍耐不住了，「統統給我滾！吵死了。」她氣得傷口發痛，「不要每年都找機會來吵我！你們這些笨徒弟只會喝我的酒！等我喪禮你們再全體集合如何？酒留下，人都給我滾！啊……」

她瞠目看著自己的肚子噴出一小道血泉。

為什麼我的學長學姊跟麒麟完全一個樣？這是不是說，將來他也會……

端著針線過來的明峰忍不住熱淚盈眶，自從麒麟臥病之後，家裡像是遭了蝗災，以前只有麒麟這隻母蝗蟲，現在則是多了八隻等級相當的蝗蟲在家為患，光煮飯、買酒就快要把他累死了。

有時候他會恍惚起來，像是家裡有了八個麒麟一樣可怕……

「住了半個多月，也真的該走了。」俊英拿出一罎酒，「私釀的老米酒，五十年了，還是我拜師尊為師那天釀的……賞個臉，就著這罎酒開同學會吧！」

明峰默默端出幾盤下酒菜，他們執意要到外面的草地喝酒賞月，因為天空非常乾淨，可以看得到銀河。

「老師這些年都沒變呢！看到她平安了，做弟子的也開心了。」一個學長推了推眼鏡，斯文地啜了口酒。

「我是她第一個弟子。」俊英就著碗喝了口酒，「師尊還是跟五十年前一樣莊嚴美麗。」

「外表是沒變，靈力衰退很多了。」莉莉絲捧著清澈如水的酒，「當初她應該屍解成仙去，而不是在人間留戀……」

「師尊放不下人間，也放不下我們這些弟子。」俊英笑了笑，滿臉的皺紋卻顯得哀戚。

他是麒麟收的第一個弟子，當初從師時，就已經是個很有實力的道士。他是家傳的天師派道士，看到麒麟的時候，還有些瞧不起這個看起來不到二十歲的老師。

但是長年居住英國的麒麟已經修煉了五十年，算是當代難得的修仙者。她的能力極高，又能破陳出新，在她門下，俊英受益良多。

但是一次驅魔行動中，她被天仙陰謀所傷，已然氣絕。當時大聖爺氣得差點大鬧天宮，為了保住那位天仙的命，天帝承諾讓她屍解成仙。

魂魄已經出竅的麒麟看了看痛哭的俊英和徬徨無依的蕙娘，淡淡回答，「我不要！我的修煉足以讓我成為真人吧？我不想成仙。」

毫無辦法下，天帝命了巫咸送上長生不死的葉子，覆蓋在她的屍身上——其實這樣做是有後遺症的，有位天神用了這種返生術，甦醒過來卻成了吃人的怪物。

麒麟沒有成為怪物，也不完全是人了，但是她又不是神仙，之前的所有修煉都等於廢棄了；而非人非仙的她，雖然被稱為「真人」、「禁咒師」，隨著歲月流逝，她的靈力也一點一滴地衰弱。雖然她勤心修煉，卻像是希臘神話的西齊弗一樣，徒勞無功地推滾著永遠會翻落下山的石頭。

她的確長生不老，卻要面對靈力喪失，終究讓妖魔撕裂的末日。

但麒麟只是笑笑，每隔五年收一個弟子。這就是為什麼明峰會有八個學長學姊，而他，是第九個。

「我們都是麒麟同學會的一員。」莉莉絲晃晃有著月影的酒，「總有一天會老會死吧？但我也會收弟子，要他們記住，他們都是麒麟的學生。若是有那一天，他們要保護麒麟。」她美麗的唇角噙著微笑，「因為，我真的好喜歡那個任性的麒麟。」

「可不是？她的任性是很有魅力的！」

「我讓她教得最好的是喝酒，哈哈……以前我可是滴酒不沾的！」

那天，他們聊了很久很久，一種堅固的情感在他們之間流轉著。曾經被永遠的少女教導、守護，希望在遙遠的未來，也可以守護她。

＊　＊　＊

角落裡，俊英把照片拿給蕙娘看。酒和相簿是他打電話回去要的，孝順的小兒子趕緊寄了過來，還有兒媳婦寄來的一堆蔬菜和泡菜。

「我也有曾孫了。」俊英笑嘻嘻的。

蕙娘笑看著，「真是太好了……若是當初我跟你走，你就沒曾孫了。」

「我並不是為了曾孫才離開妳的。」俊英衰老的臉蛋感傷起來，望著他心裡永遠的「蕙娘子」。

那時他還年輕，和麒麟的式神一見鍾情。畢業必須離師，像是在他心頭剜去了一大塊肉，不知多少年了，卻沒有痊癒。

「我沒跟你走……你恨我嗎？」蕙娘輕撫著俊英布滿皺紋的手背。

「我知道妳，我了解。」俊英反握著蕙娘柔潤卻沒有溫度的手，「我從來不曾恨妳。難道說，我娶妻生子，妳恨我嗎？」

蕙娘拚命搖頭，「你只是不該娶了一個長得跟我很像的女子，這對她不公平。」

「我盡力愛她，希望可以彌補一些我的罪過。」

上天對眾生一直不太公平，但是今生可以遇到她，已經太好了！所以他一直讓心頭的傷口存在著、疼痛著，每個錐心，都是甜蜜的哀傷、痛苦的溫柔。

「我老了。」俊英垂首，不太好意思，眼角有些淚光。

「你在我心中，還是相同的樣子。」蕙娘笑著笑著滴下了淚。

這月色，一直沒有變過，有些事情，也都不會變。

八、斬不斷的親緣

麒麟受傷時是夏天，快要放暑假了；等她痊癒得差不多的時候，學校也開學了一個多禮拜。

說起來，這種瀕死的重傷只花了三個月就痊癒，實在很難將她當作正常人類看待……正在煎荷包蛋的明峰默默看著拿湯匙拚命敲盤子、大吵大鬧的麒麟，非常無奈地想。

「不要再吃了！」他終於忍耐不住，「就算餓死鬼投胎也不是這種樣子！妳知不知道一個月前，妳的傷口就該好了？到底是為什麼拖到今天啊？」

「是啊，為什麼呢？」麒麟困惑，一面大口嚼著蕙娘精心揉製的筍包，「我懂了，應該是營養不良、加上酒喝不夠的緣故！蕙娘，不是有人送來一罈惠泉酒？我要喝！」

「妳是暴飲暴食把傷口撐裂的吧？」明峰氣得渾身發抖，「妳還吃！妳不怕傷口又裂到腸子流出來？別吃了！妳吃了十個筍包和五個荷包蛋了耶！」

「我不但受傷了，而且還在發育中！」麒麟護著小山似的筍包，鼻子皺出怒紋，只差沒有汪汪叫，「你想讓我營養不良、衰弱而死嗎？」

「妳這老妖怪還想發育到哪去？在妳養好傷口之前，已經撐破肚子，流血而亡了！告訴妳，我不想再幫妳撿腸子了！」

到酒窖拿酒的蕙娘無奈地擋在快要打起來的師徒前面，又哄又勸的，「好好好，明峰不就是擔心妳嗎？明峰，你今天不是要去上學？十點就有課了，你會來不及哦！」

勸這對怒火高漲的師徒，真的比打妖怪軍團還累很多。

明峰看看手錶，很不放心地提起背包，「蕙娘，妳真是太寵她了，不要放任她這樣拚命吃，真是浪費糧食！妳知不知道有多少難民沒得吃啊？別讓她把傷口又撐破了！酒少喝一點，妳好不容易肝指數降到正常啊……」一面嘮叨著，一面咬著筍包往外衝去。

「囉囉唆唆的，跟個老媽媽一樣。」麒麟開始吃第十一個筍包，「蕙娘，我的酒呢？」

「主子，妳也聽聽明峰的勸……」蕙娘苦口婆心。

「不管！不管啦！」麒麟開始敲起盤子，「酒酒酒！我的酒！」

我的確太寵她了！蕙娘無力地幫她斟酒，「別吃太多了，當心酒從傷口噴出來……」

* * *

久違的校園還是人來人往，歡笑的學子無憂無慮地嘩笑，揮灑著青春的時光。

像是什麼事情都沒有發生過，誰也不知道，曾經在這個校園中有過什麼事情。明峰行走其間，不能不說沒有感慨。每次看到這些「正常人」，他總有種蒼老的感覺。

「表哥？」明熠瞠目地看著他，「我就覺得心裡微微一動，原來是你回來上課了啊！你怎麼不見了這麼長一段時間？老師一直在問你，我卻連你的電話都不知道……」

果然是宋家的子孫，這種奇特的靈感和吸引力……

「發生了一些事情。」明峰順口敷衍。

「你瞞別人瞞得過，想瞞我？」明熠嗤之以鼻，「別忘了，我也姓宋，我媽也是宋家女兒。你身上有種奇怪的香氣，而且很詭異哦！你失蹤之後，系花也失蹤了一段時間，等找到她時，她已經瘋了……」

「雅棠瘋了？」明峰為之一愕。

「難道她發瘋跟你沒關係嗎？」明熠反而驚訝起來。

「不，也不能說完全無關……」明峰的臉色有些難看，「但是說出來怕是你也不會相信……」

「別人我不曉得，」明熠正色地說：「表哥，你不該當我是外人。國二那年的暑假，我們在外公家都看到的。有過那種經歷，有什麼我不相信的呢？」

明峰黯然了片刻。那一年，他們聚在爺爺家度暑假，他不穩定的能力隨著母親病逝而爆發，終於引來了可怕的靈異現象。若不是爺爺和爸爸想盡辦法護持，或許他們宋家就這樣滅族了也說不定。

宋家的子孫或多或少都有這樣的能力，而血緣最深刻的他，成了引來妖異和災禍的核心。

「其實……」明峰娓娓道來，盡量輕描淡寫。但就算已避重就輕，還是讓明熠蒼白了臉。

「所以你身上的香氣是……」明熠吞了口口水。

「是，我身上藏了四十九個狂信者式神。」明峰頗無奈。

明熠沉默片刻，「其實，以前我羨慕過你。」他遙望著湛藍天空冉冉飄過的白雲，「可以跟著外公修煉，又有很強大的能力，可以斬妖除魔，像是生活在傳說中。」

他和明峰一起坐在樹下，看著來往的學子們。

「對不起。」明熠突然說。

「咦？」明峰慌了，「怎麼了？是我要說對不起吧？若不是因為我，才不會讓你們遭遇那麼恐怖的經歷……」

「不，是我們這些羨慕你的人不好，」明熠握著手，有些懊惱，「我們無意識的『羨慕』，一定讓你很難過吧？將你這樣認真對待、性命攸關的嚴重事情當成茶餘飯後的笑談，還大言不慚地說羨慕你……」

「你是傻瓜嗎？」明峰鬆了口氣，「說什麼傻話？我們是親人啊！而且也不是那麼危險的，我只是膽子小，謹慎一點。」他趕緊轉移話題，「雅棠的情形很嚴重嗎？」

明熠吐出一口大氣，「該怎麼說呢？就只是天天照著鏡子發呆，不言不語。不過同學也不會太訝異，畢竟她是公理教的福音者，他們這些傳教的，常常有人發瘋，這也不是第一件了……」

「公理教？」明峰愣了愣，「這是什麼？」

「我也不清楚。」明熠搔搔頭，「好像教義跟基督教差不多，只是有兩個現世的教主。入教的多半是帥哥美女……」

他壓低聲音，「表面上很正常啦！但是我聽說有人因為有『殺必死』才去入教的……」

「什麼『殺必死』？」明峰聽胡塗了。

「就是漂亮美眉隨你……」他附在明峰耳邊說了幾句。

「你不會傻到跑去信教吧？」明峰變臉，「就算再怎麼想『去處男』，也不是這樣飢不擇食……」

「噓——別把我的祕密隨便嚷嚷啦！」明熠紅著臉叫，「我才不敢去！那些女生雖然漂亮，但是有奇怪的味道啊！」

他突然一怔，想到表哥說的吸血鬼大軍，全身像是澆了一桶冰水。「表哥，那些女生該不會……都是吸血鬼吧？」

「只是想當吸血鬼。真的變成吸血鬼的應該沒有吧？」校園雖然仍有邪氣，但不是濃到令人窒息。

不過，雖然淡，仍然令人很不舒服。這種不舒服的感覺，比較類似附在信用卡的「咒」一樣，貪念、渴望交織成一種類妖的憎惡感。

「總之，」明峰很慎重地警告明熠，「天上不會跌禮物或美女給你，記住啊！天上掉下來的只有鳥糞和災難，知道吧？」

「嗯！」明熠很認真地點頭，心頭卻湧起一陣不祥，他揪住明峰的袖子，「表哥，不要做危險的事情。」

果然是很深重的血緣！明峰安慰地拍拍他，「我知道。」

* * *

說是說知道，但也不可能放著不管——夜半潛入學校的明峰無奈地想著。

畢竟他還滿喜歡這個學校，和這個學校的同學們，就當作是沒有付學費的旁聽生，付點束脩給這個學校吧！

他揹出了全部家當，掏出指南針，臉孔一陣慘青。非常糟糕的方位，這學校是路沖不說，還筆直地沖了公墓。這也就罷了，方位還是在正鬼門，加上是個山坡上的小盆地，所有的邪氣進入就出不來了。

但也很奇怪，明明是這樣糟糕的方位，這樣糟糕的地理位置，為什麼邪氣這樣稀薄？

照這種方位和位置，早該鬧鬼鬧到民不聊生了，怎麼會是吸血鬼來學校傳教後才有這麼一點邪氣呢？

明峰想了好一會兒，實在百思不解。他在校園繞了繞，越繞心頭的疑慮越大。平常沒有注意，現在仔細轉一轉，才發現這個負有盛名的美麗校園經過高人指點，暗合著奇門遁甲的「辟鬼」。

悄悄鬆了口氣，這樣說來應該有個陣眼，這樣稀薄的邪氣，只要在陣眼擺陣祓禊之後，大約就可以平安很長一段時間……

陣眼藏得很巧妙，等他找到的時候，不禁啞然失笑。不知道這位高人是誰，居然把陣眼放在校園天主堂的布道壇上。

擺壇當然很方便，但是在十字架和耶穌基督底下祓禊禳災，實在有點荒謬。

他心裡好笑著，一面踏上布道壇，突然聽得腦後風響，他想也沒想就拿著手裡的桃木劍打過去——

接著，他和大伯目瞪口呆地對望上了。

「你在這裡做什麼?!」明峰和大伯異口同聲。

鬧了半天，才知道彼此的目的相同。

原來，這個校園請了一位華裔建築師設計監建。這位建築師略有靈通，知道這個校地非常不適合，為了不毀了自己精心設計的作品，他拜託有世交交情的宋家一起設計，並且委任宋家，每隔一段時間就為這校園祈福禳災。

但是這種事情很容易被指涉為迷信，校長雖然也同意，卻希望能夠悄悄地進行。這就是宋家大伯會夜半三更出現在這裡的緣故。

「我也是來禳災的。」明峰指著自己，「這裡瀰漫了一股稀薄的妖氣，略有感應的人都可以察覺出來，所以……」

「那還真是巧啊！」大伯搔搔頭，「你爸爸也來了。」

明峰臉孔一白，往門口一看，爸爸呆呆地望著他，眼中有著掩不住的激動。

「爸！」

「兒子！」

已經好幾年不見的父子忍不住相擁而泣。這個時候，天空聚起濃重的烏雲，開始氣勢驚人地打雷了。

「該說這是最糟的組合，還是最好的組合呢？」宋家大伯苦笑，快手快腳地將壇布好。

明峰臉孔一白，將爸爸推上布道壇，「開壇！大伯，開壇！武場我來就可以了，快開壇！」

「明峰！」宋爸爸要衝上前，卻被宋家大伯攔住了。

「冷靜點啊！少霖，現在你不能離壇，沒有你的輔佐，這壇我開不起來了！」宋家大伯厲聲警告。論資質，他這個三弟是天生的道士，就算是靈力喪失以後，他的天賦也讓他成為禳災祓禊不可或缺的主祭。

這對父子，該說很可怕還是很厲害呢？濃重的血緣互相呼喚之後，就會激發出最大的能力——召鬼。以前弟妹還在的時候，還可以靠完全相反的天賦壓抑這對父子，但是弟妹過世以後，這對父子幾乎鑄成一種災難。

為了將明峰送到紅十字會，飛機兩次因為靈騷迫降，宋少霖幾乎耗盡所有靈力才讓他平安抵達紅十字會。也為了這個緣故，這對感情深厚的父子，只好過著別離的生活。

即使看過多回了，宋家大伯還是不禁驚嘆。只見廣大校園的遊魂、惡意、貪婪和饑渴，幾乎都被吸引過來，互相吞噬，在他們面前蠕動、膨脹，漸漸匯集在一起，成為一體。

令人無法相信的鬼妖，張著黏滿唾液的利牙，蛇頸上長著好幾個頭，身體像是個大烏龜，發出可怕的叫聲。

「慘了，是玄武。」宋家大伯的苦笑更深了。

感應了饑渴的呼叫，這些遊魂生念居然強大到連鬼神都為之感動，附在方位鬼神「玄武」身上，奔了過來。

「別離壇！」明峰結起手印，踏著禹步，「敬奉四方上帝諭命……」他喃喃地念咒，試圖先張開結界阻擋攻擊。

少霖愣了愣，「明峰，你果然長大了。」他豪氣陡生，「開壇！」燃起火符，執起桃木劍，磅磅地焚起詔書，開始禳災。

玄武怪越發憤怒，仰天發出淒厲的叫聲。這些鬼妖受了吸血族的影響，對長生不老饑渴不已，眼前這對發出鴉片般美味的人類，傳達了一個他們不懂但是聽得清清楚楚的訊息——吃下他們，就可以長生不老！

蜿蜒著蛇頸，幾個頭顱瘋狂地攻向張起結界的明峰，他勉強用桃木劍撐住，奈何這把桃木劍修煉不足，竟然碎裂開來。他慌張地回頭一望，他的爸爸、大伯都在陣眼裡擺壇，要是讓鬼妖攻破了結界，豈不是全完了？

這種事情是不可以發生的！

一擊不中，鬼妖迴頸長嘯，又從不同方位猛攻過來，一面發出刺耳的聲音，「嘎啦啦啦啦……」

「沒用！沒用！沒用……」明峰大喝著，雙肘交叉擋住了鬼妖的攻勢，因為這樣猛烈的攻勢，他的腳跟在堅硬的大理石地板上拖出長長的碎裂軌跡，居然跟龐大的鬼妖戰成勢均力敵的僵持局面。

咦？為什麼他使出來的「咒」竟然是……啊，他不該跟著麒麟看《JOJO冒險野郎》啊！

又羞又憤之餘，他流著淚一拳把鬼妖打飛，「就跟你說沒用啦！」嗚……他為什麼在爸爸和大伯面前念出這種丟臉的咒？

鬼妖被打飛上牆，撞壞了彩繪玻璃窗，一地閃爍耀眼的彩光碎片，牠不敢置信地翻身低伏，「你……到……底……是……誰？」聲音尖銳刺耳，像是在玻璃上刮弄似的，令人好不舒服。

其實現在應該將牠消滅，奈何明峰的請神咒忘了個乾乾淨淨，見牠又奮起昂首，明峰又是驚嚇又是憤怒，順口把記得的「咒」使了出來——

「既然你誠心誠意地問了，我就大發慈悲的告訴你，」明峰隨手從口袋裡拿出火符，開始召請諸神官將，只見強大的靈氣緩緩在他身邊環繞，他結了幾個繁複的手訣，「為防止世界被破壞，為了世界的和平，貫徹愛與真實的邪惡，可愛又迷人的反派角色……」

只見劍戟森然的神官神將居然被這種卡通對白請動了！這真的是從來沒有過的事情啊！

「諸神官、諸神將，

我們是穿梭在銀河中的火箭隊，

白洞、白色的明天正在等著我們……」

有點莫名其妙的神官神將交頭接耳，「好像有點怪怪的……」

「我們幾時改編制叫作『火箭隊』了？」

「不過他的手訣、召請，都是正五雷法啊！」

「但有點地煞術的味道……」

雖然諸神官將沒有動手，但是鬼妖逼於他們的氣勢，畏懼地在角落吼叫，並且焦急地四下轉頭找尋逃生之路，可惜陣眼有兩個該死的道士布著禳災道壇，將路都堵死了。

還是值日星官眼尖，「唷，他是麒麟的弟子！」指著明峰的護身符嚷起來了。

「怪不得啊……」

「那死丫頭跟他太祖老子一樣促狹……」

「教的弟子也一個樣子……」

眾神官將喃喃抱怨，還是一本正經地厲聲大喝，「三曹神官謹聽五雷令！」

我我我……我跟麒麟不一樣啦！明峰簡直要哭了，顫顫地指著鬼妖，「疾滅！」

只見白光一閃，龐大的鬼妖連哀號都來不及，就讓神官將滅了個乾乾淨淨。

眾神官將執行了任務，和明峰面面相覷，一分鐘過去、兩分鐘過去、五分鐘過去了……

「五雷令主，請結令。」當頭的值日星官顏面扭曲著，後面的星官們已經吃吃地偷笑不已。這傻小子連結令都不會，將來可以好好地糗糗麒麟了……

結、結令?!難道他得用那句最蠢的對白結令?不!他不能接受……

「急急如律令？」他嘗試著結令。

「不是這句哦！」值日星官忍得很辛苦，他相信，忍笑會導致內傷……

明峰絕望地望著上天，捏起手訣，「就是這樣，喵……」

眾神官將笑到前俯後仰，笑聲差點把屋頂給掀了，這才慢慢地消失。

這大概是他當道士以來最屈辱的一天了！跪在地上良久，明峰羞愧得連臉都抬不起來了。啊，他真是個丟臉的道士……

長長的沉默之後，宋少霖溫和地走過來，將手搭在兒子的肩膀上。

完了！老爸一定很失望，失望得不得了……

「幹得好啊！兒子。」少霖眼中閃著欣慰的淚光。

「真是令人吃驚的力量啊！連神官將都可以真的請下來。」宋家大伯也笑著說。

這個不是重點啦！明峰扯著老爸的手臂，很認真地問：「老爸，你聽到我剛剛請神的咒嗎？」

少霖和宋家大伯對看一眼，異口同聲地說：「你念得那麼快，我們怎麼聽得清楚呢？但是你真的把神官將請下來了啊！」

爸、大伯，你們……「當你們的孩子真的太好了啦！」明峰哭了起來。

少霖和大伯一起苦笑。其實有用才重要，絕對不要讓他發現，他們也看過《神奇寶貝》，知道火箭隊的對白……

「啊，時間來不及了。」大伯看看錶，「算了，反正也不缺我們……」

「爸和大伯還有地方要去？」明峰臉頰上淚痕未乾。

「哈哈，說不定什麼事情也沒有。」宋少霖笑得一臉慈祥，「中興新村的方位很好，怎麼會鬧鬼呢？」

慢著！中興新村？

「不過廢省以後，那邊只剩下一些看守的人和少數官員。」宋家大伯摸摸下巴，「說不定是有些異類進去了……」

「但是中興新村的陣法是爸爸親自布的。」少霖還是有點困惑，「是怎樣的異類強到可以隨意作祟呢？」

「中興新村……鬧鬼嗎？」明峰不由自主地問。

「是啊，最近出現了幾起不可思議的現象。聽說有人遇到鬼打牆，還有人目睹一個美麗的古裝女鬼，滿臉是血，喃喃地抱怨：『弄到我出不去……風啊……我出不去……』」

「還聽說有個渾身纏著繃帶的女鬼，跳到休息室，把所有的酒都喝光了。而且更早之前，中興新村常常發雷陣雨……」

「聽起來比較像是狐狸作祟。」

「嗯！聽說這件事情鬧到上面的大頭都被嚇到過，所以找法師去除妖……」

明峰聽到呆了，「什麼時候除妖？」

「今天卯時啊！這是吉時……」大伯看了看錶，「應該快結束了吧？」

完了！

「我有急事！」天啊！麒麟妳千萬別衝動……「爸！大伯！我先走了！」他抓起家當往外衝。

就在宋家大伯和宋少霖面面相覷的時候，明峰又衝了回來，「爸、大伯……」他掩飾不住眼中的激動，「我我我……我常常思念你們，我不會忘記我是宋家子孫的！」然後又一溜煙地跑了。

「老弟，你有個好兒子。」宋家大伯安慰地拍拍宋少霖。

少霖推了推眼鏡，想起亡妻，眼眶不禁有些發熱。老婆，孩子真的長大了！讓妳一直擔憂的那孩子，成了一個這麼出色的道士……

「都是好孩子！我們的孩子們……都是好孩子。」

＊　＊　＊

十萬火急地趕回去，只見草地上一片狼藉，大群的道士、大師、和尚狼狽奔逃，有的哭，有的叫，有的撞上電線桿，還有的跌進水溝裡。

他回來晚了！明峰無力地望望額頭還貼著ＯＫ繃的蕙娘，和上身纏著繃帶、怒火高漲的麒麟。還沒完全睡醒的麒麟怒火騰騰，手裡拿著一根人高的鐵棒，扠著腰大罵，「吵吵吵，吵死人了！也不看看時間，都三點多了，吵什麼吵？不理你們還越念越大聲，老娘還沒死，渡什麼亡魂？」

「主子，冷靜點……」蕙娘勸著，瞧見明峰回來，她嘆口氣，「拜託唷，我的小爺，你把結界放鬆些如何？結界弄得那麼堅固，你瞧，我撞破了額頭啦！這也就罷了，弄得人類受影響，老是亂轉著鬼打牆，現在又跑出這堆擾人清夢的傢伙……」

對！這就是「鬧鬼」的真相。

怕虛弱的麒麟被尋仇的妖怪追殺，老學長傳了他一手布結界，而他真的使盡全力布了──奈何實在太堅固了，蕙娘為了追上躺不住的麒麟，撞在結界上頭破血流……（這

就是滿臉是血的美麗古裝女鬼）

禁酒禁到快發瘋的麒麟，趁著明峰不注意，跑去外面的休息室偷酒，因為嫌熱，她從來不在繃帶以外穿上衣……（這就是到休息室偷酒的繃帶鬼）

而他布下的堅固結界對人類也有影響，會造成鬼打牆現象……

真相一說破，為什麼令人這麼無力？

「誰要妳去偷酒？」他已經沒力氣生氣了。

「還說呢！」麒麟倒是火大了，「要不是家裡連米酒也沒有，我需要去偷別人家的酒來喝嗎？」

總歸就是他的錯就對了……

明峰默默地解除了結界，這下好了，跟妖怪就打不完了，現在又跟人類對立，這日子怎麼過啊？

「我可不可以回去當圖書館員啊？」他嗚嗚地哭了起來。

九、盡信命不如別算命

抬頭看看烈日熔熔的太陽，提著好幾大袋食物的明峰沉重地嘆了口氣。

都快十一月了，為什麼還是這麼熱？沉重的袋子、沉重的食物、沉重的心情，因為烈陽烘烤，似乎變得更沉重了……

為什麼他們家只有三個人（蕙娘吃得相當少，少得跟麻雀一樣），他天天都得出來買像是要給整個軍營吃的菜啊？

費盡力氣將食物塞進機車的超大置物箱，在踏板上努力堆疊到將近手把的高度，後座還綁了一箱啤酒，這才勉強將食物塞進「小小的」一二五機車。

他真該去學開車，然後要麒麟買部車讓他載菜……

「唷，少年仔，你家要請客哦？買這麼多？」賣水果的阿嬸跟他打招呼。

呃……怎麼回答呢？

「不是哦？少年仔，你家開自助餐厚？我看就知道了，這麼多菜一定是賣自助餐的啦！」

你們會相信，這麼多的菜和酒大部分都進了一個超資深少女的肚子裡嗎？不，連他都不想要相信……

默默地把車騎回去（這需要一點靈活的技巧），他現在已經很熟練了，不再騎一騎就騎到冥界去（這需要更高深些的技巧）。

沒想到在門口遇到熟人，他呆望著，「雲生大哥？你怎麼來了，還在門口站？」

林雲生不好意思地笑著，過來幫他搬貨。（不記得林雲生是誰？請回頭翻閱第三章，謝謝。）

他搔了搔頭，不知道怎麼解釋，「聽說半夜有大師們來你們這兒打擾？」

明峰的臉上掛著幾條黑線，「是我不好，麒麟也不好，對不起……」

「不不不，是我們這些公務員的錯！」林雲生狼狽地搖手，「政客來來去去，我們這些技術官僚才真的要守護國家，對吧？是我們疏忽了，沒告訴上位的政客這些事情，才讓他們胡作非為。我已經嚴重警告過了，以後不會再犯。」他深深地鞠了個躬，「老弟，你在禁咒師面前美言幾句吧？請她休假的時候務必還是回來這兒……」

為什麼要這個瘟神回來？明峰有些摸不著頭緒，「既然你這麼說，我盡量試試看好了。」

林雲生大大地鬆了口氣。要知道，這個島國雖然高人甚多，偏偏都高來高去，不食人間煙火，當然也就不管濁世凡間的事情了。只有這個嘴巴厲害的麒麟，不管當面怎麼生氣發飆，口口聲聲一千個不願意，總是背地裡暗暗地料理了。

這島國受她五年一次的庇護，不知活了多少生靈！若是她長久在此就好了，幾次大災，都是她人不在島國的時候發生的，身為這個島國身分最高的「裡世界官方代表窗口」，實在是忍不住這股心痛和自責……

若是得罪了她，讓她從此不再來，那不比鳳凰南飛還悽慘嗎？

「我已經當面跟她老人家道過歉了，還請老弟多幫忙囉！」林雲生陪笑著。

「老哥說話真見外。」明峰爽朗地拍拍他的背，「說幫忙就幫忙囉！只是你幹嘛站在門外？」

「因為……」雲生還沒說完，瞠目看著霍然打開的大門。麒麟咬牙切齒，像是提著死老鼠一樣提著史密斯老師的後頸。

「快滾吧！老娘不是綁匪的料！」說著就將史密斯老師摔出大門。

「沒要妳去綁他啊！」史密斯老師忍住屁股的疼痛，「拜託啦！只要妳去問個原因，我就奉上……」

「你看我像是可以賄賂的嗎？滾！」麒麟摔上大門。

你需要把我也關在外面嗎？明峰提著大包小包的菜，沒好氣地站在門外。

「老師，你怎麼突然來了？」史密斯老師以紅十字會為家，根本很少離開。雖然聽說他身分很高，身為他的學生，卻看不出什麼高明的地方。

「對呀，」史密斯一擊掌，「我還有個得意愛徒可以說服她！明峰啊，這件事情一定要你幫忙……」

「幫忙？」今天是什麼日子，為什麼大家都要他幫忙？

大門又砰地一聲打開，麒麟把明峰和大堆的食物往屋裡一扔，順便把啤酒抬進來，「不要煽動無辜的小孩！你這樣還像是老師的樣子嗎？」

她氣到連阿拉伯文都蹦出來了，「吵吵吵，吵什麼吵？再吵統統給我伸出腳踝來，讓老娘打個五下散心！」不知道打哪兒抓出一根一人高的鐵棒，迎風晃了晃，居然有雷霆之聲。

兩個大男人嚇得面無人色，跑得一陣煙似的，直到跑出中興新村的大門，這才驚魂甫定地對望。咦？為什麼這麼害怕呢？麒麟是標準的紙老虎，就算拿出機關槍，也不用怕她會真的打人啊！

「啊！是言靈！」這兩個人恍然大悟地叫出來，然後一起氣餒地蹲在地上，背後都是深重的陰影。

「她會同意嗎？」林雲生有點憂心忡忡，「我不想弄到最後得面臨國際危機。」

「我也不想啊！如果紅十字會防災組斡旋失敗……」史密斯抱住頭，啊，那樣情形會很麻煩啊！

他們頹唐地嘆了口氣，眼眶都含著淚，「不要為難我們這些領薪水的啦！」

* * *

麒麟將明峰扔進來以後，她就開始沉默，而且是充滿怒氣的沉默。

明峰寧可麒麟吵死人，也不希望她這樣安靜。這種安靜怎麼有「山雨欲來風滿樓」的恐怖？還是超級大雷雨哦！

「吃飯！」她怒吼出來，一把揪著他的衣領，「吃飯！吃飯！吃飯！我要吃咖哩飯！」

吃飯就吃飯，需要凶得像是要吃人嗎？

「妳沒有說要吃咖哩飯。」他戰戰兢兢地回答，「我告訴妳，我沒買洋蔥哦！」

「放大蒜不就好了？」她額爆青筋，咬牙切齒，「我要吃咖哩飯！很多很多咖哩飯！」

看起來得把十人大電鍋拿出來了！他和蕙娘臉色蒼白地在廚房猛洗猛切，麒麟則在餐廳大嚷大叫，一面拚命用湯匙敲著盤子，「咖哩飯！咖哩飯！吃飯！吃飯！吃飯！」

匡啷一聲大響，他和蕙娘慌忙出去一看，餐桌的桌面已經趴在地上，四條腿東倒西歪。妙的是，湯匙完整無缺，連盤子都好好的。

「看什麼看？」麒麟難得地暴怒，「我要吃飯！」

他可不想變成那張桌子！明峰嚇得落荒而逃，跑回廚房死命地加快煮飯的速度，蕙娘嘆了口氣，默默地修理餐桌。

等明峰用最快的速度把咖哩飯做出來了，蕙娘已經將餐桌「暫時」修理好（法術修復的桌子其實不太可靠的），才剛端上桌，麒麟像是餓了八百年，嘩啦啦地用湯匙掃進嘴裡。

咖哩和飯用一種驚人的速度消失了……明峰和蕙娘看愣了眼，蕙娘雖然陪伴麒麟許多年，還是永遠適應不了這種場景。她蒼白著臉，將自己的份推給明峰，「你吃吧！」

「妳呢？」發呆的明峰傻傻地問。大胃王算什麼？她那個不叫大胃……她的胃是亞空間對吧？一吞下食物就掉進黑洞裡了……

「我看她吃就快撐死了。」

最後，十人大電鍋裡的飯都清空了，麒麟甚至把蕙娘的份吃掉，還一個人吃掉了三人份的烤布丁。

「主子，妳會把腸胃吃壞的。」雖然徒勞無功，還是得勸勸她。

「妳不知道，吃飽了心情會比較好。」麒麟氣比較平了，一面拿出啤酒，喝了一口。

不是這個啦……啊啊啊啊……

「我要喝紅酒！我要喝好喝的紅酒！」麒麟把啤酒一推，「這種東西教人家怎麼喝得下去？我要喝一九一六年產自SIRAN的極品紅酒！」

蕙娘搖手，示意明峰不要理她，又哄又勸地送上了自己釀的鬼釀。

「為什麼我去買個菜，回來就天地變色了？」明峰有些驚魂甫定。

「所以我不喜歡客人。」蕙娘嘟著嘴，「什麼垃圾任務都推過來！」她也生氣了，悶悶的不想提。

表面上，蕙娘的鬼釀某種程度上安撫了麒麟，但是她越來越沮喪，也越吃越少，到最後連鬼釀都不喝了。

她一定生病了！

隔了兩天，麒麟悶悶地摔了電話。良久，突然開口，「明峰，你覺得什麼東西對我最重要？」

突然被她這樣一問，明峰脫口而出，「有酒喝？」

麒麟盯了他好一會兒，盯到他發毛，以為自己說錯了。

「沒錯！果然頭腦簡單的人才真的了解真相……我就是太聰明了，所以才會迷惑！」

「誰的頭腦簡單啊？」明峰發怒了。

麒麟根本不甩他，疊聲地喊，「蕙娘！蕙娘！快準備行李，我們上台北去！」

台北？為什麼突然……

「主子，我不贊成啦！」蕙娘從天花板透「牆」而出，「那個孩子什麼也沒做，妳怎麼可以助紂為虐？」

「史密斯說，我只要去找舒祈了解狀況，讓她說出理由就好了。」麒麟意氣風發地握拳。

「然後那兩瓶一九一六年的紅酒就送妳是吧？」蕙娘抱怨著，「主子，為了兩瓶酒，就算要妳跳火坑，妳也跳了……」

聽了半天，明峰還是胡裡胡塗，「舒祈？誰呀？」一面灌了一口沙士。

麒麟奇怪地看了他好一會兒，「嘖，你真是茅山宋家的？連都城的管理者也不認識嗎？」

明峰把滿口的沙士都噴了出來，麒麟敏捷地一跳，結果沙士都噴在剛剛下樓來的蕙娘頭上了。

他大咳了好幾聲，「咳咳咳……管理者?!」

*　*　*

明峰有種如在夢中的感覺。坦白說，都城的管理者，這個島國稍有能力的眾生怎麼會不曉得？

在他剛開始學習法術的時候，父親就慇懃地吩咐過，若是有機會到了都城，千萬要對這個城市和管理者抱持著恭敬之心。

恭敬，就是敬而遠之，盡量不要打擾到管理者的安寧。

但是想要細問，叔叔伯伯都三緘其口，連祖父都似有忌憚，只是要他不可輕慢自大，隨意去找都城或管理者的麻煩。

後來零零星星地聽了大人的閒聊，只知道她能力極大，等於是魔性都城意志的具體象徵。很奇怪的是，她既沒有修煉，也沒有師承，說得時髦點，應該是個「麻瓜」，半點法力也不該有……

但是三界眾生都畏懼她，連看到電腦都會下意識地發抖。對，這個奇特的人類管理者，使用電腦網路管理都城內的眾生，而且還能在電腦中開啟檔案夾收容孤魂野鬼，甚至可以收妖、魔、靈，連高高在上的神仙之屬都有些怕她，聽說她還因為煩不過，將一個又吵又鬧的星宿收到檔案夾裡頭當作懲戒。

這個奇異得像是傳說中才存在的人物，他就快要親眼看到了！

鬼車沒辦法進入都城，所以他們乖乖在桃園改搭計程車，一路上，各有各的心事，難得地沉默安靜。

好不容易到達了，明峰有些暈車地抬頭一看，只見錯綜複雜的巷弄，幾排灰樸樸的公寓，雜七雜八地搭了頂樓違建，巷弄裡隨便用著花盆、路障霸著停車格，很典型的老台北混亂。

真的是這裡嗎？明峰心裡湧出疑問。他以為管理者會住在陽明山上的深宅大院裡，與世隔絕呢！

麒麟在一個破舊公寓前面走來走去，每次要舉足爬上狹窄幽暗的樓梯，就煩躁地轉身，繼續踱來踱去。

「我說，不去也罷！」蕙娘嘟起嘴，「主子，妳向來不蹚渾水，也不怎麼喜歡去見管理者……」

「別吵啦！」麒麟不耐煩地大叫，眼角瞥見一樓便利商店的少婦抱著孩子出來散步，她怔了一怔，低頭掐算了一下，「厚！該說落點超準，還是落點很爛？怎麼就在她家樓下？」

蕙娘已經湊過去和那個少婦聊起天來，還逗著人家的孩子玩。

「到底妳是來找管理者做啥？」明峰忍不住問了。

原來，世紀末的恐怖大王預言，一直都在各個占卜師的心裡揮之不去。雖然已經平安度到二十一世紀，但是許多備受推崇的占卜師都憂心忡忡，依舊想要解開這個不解的謎團。

從去年開始，就有二十幾個頂尖的占卜師算出相同的結果——恐怖大王已經出生。再加上若干學者發現真正的西元初始有誤，身為世界性的「裡世界」管理，紅十字會很重視這個預言，經過許多精密的推算和占卜師交錯研究的結果——

這個恐怖大王，已經在二〇〇三年的七月十五日出生在這個島國了。

首席的二十三個占卜師各自卜算，有十九個結論相同，一個反對，三個棄權，幾乎確認了出生在都城的某嬰孩就是恐怖大王的化身。

明峰又不笨，他瞠目地思前想後一下，轉頭看看那個大約一歲大的嬰兒，「他？」

「舒祈拗起來，真是教人受不了！」麒麟煩躁地搔頭，「我還以為她四大皆空，只差出家，哪知道她死也不讓紅十字會來接這孩子。本來我還奇怪，她最討厭麻煩，也不管閒事，怎麼突然管了起來？原來這孩子就住在她家樓下！只能說紅十字會遭了瘟……」

「喂！妳怎麼這麼說啊？」明峰火了，「這孩子做了什麼？他還是個嬰兒耶！怎麼可以憑算命的胡說八道就決定他的一生？難怪蕙娘說妳助紂為虐！」

「吵屁啊？」麒麟瞪他，「我會不知道嗎？我實話對你說，真的贊同把這孩子送去紅十字會監管的人，實在沒有幾個。但是上面的命令下來，下面的不做成嗎？大家都是出來混的嘛！沒人敢來找舒祈，我來討個回音也算是做好事……」

「其實妳只是想要那兩瓶酒而已。」蕙娘悶悶地頂嘴。

「幹嘛說得這麼難聽？我不做，叫誰來做啊？喂！妳把人家的孩子抱過來幹嘛？」麒麟一跳，那孩子被她逗笑了，咕咕咕地笑了起來，胖胖的小膀子拍著麒麟。

那雙清澈到沒有絲毫污穢的眼睛，倒映著整個天光，麒麟突然有點明白太祖爺爺惆悵地說著「太可恨」時的感受了。

真的是太可恨了！對著這樣的眼睛，她怎麼忍心？她有些悲憫地看著抱著嬰兒慈愛輕哄的蕙娘。

不能有自己的孩子，蕙娘一直都很寂寞吧？而她呢？她會不會偶爾也泛起這種憐愛的寂寞？

「趕緊把孩子還人家。」麒麟不敢抱，也不能抱。抱了孩子，怕是再也抑制不住那種寂寞，「放心，我只是討回音而已，真的啦！」

蕙娘狐疑地看了看她，向來溫順的蕙娘，也只有遇到跟小孩子有關的事情時，才會這樣反抗。

「妳若愛跟他玩，就留在樓下吧！」麒麟眼睛看著旁邊，「反正妳也不怎麼喜歡去舒祈那邊……」

蕙娘眼睛一亮，「可以嗎？我可以嗎？」她抱著孩子繼續跟便利商店的少婦閒聊，就像是尋常人家的主婦。

麒麟凝視了一會兒，突然低下頭，「走啦！別磨磨蹭蹭的。」她領著明峰爬上三樓，遲疑了一會兒，才敲了敲門。

明峰緊張得喉嚨乾渴，不知道出來的會是怎樣的人……

只見一個胡亂綁著馬尾、穿著破舊運動服的中年婦女探出頭，看見麒麟，她沒好氣地將門一摔。

「舒祈！」麒麟捶著門，「喂！難得來看妳，這算是哪一國的待客之道？舒祈！」

「我已經死了！」屋子裡傳來憤怒的怒吼，「在下個禮拜三交件之前，我不存在這個世界上！」

啊？那個胖胖的中年歐巴桑，就是大名鼎鼎的管理者？

麒麟鍥而不捨地拚命敲門，「不管啦！快開門！妳如果不想因為太吵被房東罵，妳就趕緊開門！不然我就敲門敲到警察來為止！」

舒祈一把拉開門，「夠了沒啊？統統不關我的事啦！不管是裡世界、表世界，還是五彩繽紛鳥世界，都跟我無關，我在趕工啊！」

「妳可以比照律師的鐘點收費！」麒麟扳住門，「反正……」

舒祈瞪了她一會兒，突然笑了，鬆手讓她進來，麒麟背上頓時汗毛直豎，「告訴妳，我不要聽錄音帶打字！」她已經被整過很多回了，可不想再被整一次！

「沒有犧牲什麼，就什麼都得不到；為了得到什麼，就需要付出同等的代價。」舒祈平凡的臉出現獰笑，「這就是等價交換原則。」

「《鋼之煉金術師》我背得比妳熟。」麒麟冒汗了，「我再說一次，我不要聽著錄音帶打字！」

上次舒祈拿了十捲雙面的錄音帶當作回報，差點讓她打字打到發瘋！

「沒問題。」舒祈丟過一大捆、足足有半尺厚的稿紙，「這本手寫稿打完，想問什麼都可以。」

「我能不能將我的工時換算成新台幣？」麒麟看著那堆鬼畫符，心頓時冷了。

「辦不到？得慕，送客！」舒祈是很乾脆的。

「等等等！」麒麟轉頭對著明峰，「有事弟子服其勞，你過來打這個好了……」

「也可以，」舒祈埋首電腦，正在弄一個該死的封面，「我可以回答妳弟子的問題。但是不包括妳要他問的。」

麒麟氣得發抖，望著天花板數到一百，怒火高漲地坐下來，「我打！妳什麼都要回答我哦！」

「快點打！說話的時候手不要停下來！」舒祈趕工已經趕到脾氣很暴躁了，「得慕，告訴那愣小子掃把和拖把在哪！你別閒著，開始打掃吧！」

「喂！」麒麟抗議了，「他為什麼……」

「進我屋子就要付代價。」舒祈一副沒得商量的樣子，「打掃還算便宜他了。」

明峰拿著掃把，有些不知道從哪裡開始。這大概是他看過最亂的屋子，原子彈轟炸過也不過如此。若只是東西亂就算了，但這屋子充滿了飄來飄去的孤魂野鬼啊！

這些孤魂野鬼好奇地看著他，還好心地告訴他哪裡沒掃到。

理論上來說，他們是很友善的。這亂世，很難得看到這麼友善的孤魂野鬼集團……

但還是鬼啊！

他不知道該哭還是該跑，只能鐵青著臉，照著管家得慕的指示，機械式地打掃。

連管家都是飄飄的人魂……他要不要害怕一下？

「我讓式神來打可不可以？」麒麟欲哭無淚。

「那我就回答式神的問題。當然，妳要她問的我概不回答。」舒祈瞪著電腦。

麒麟生性不是極動，就是懶在一旁癱著，讓她正正經經地坐在電腦前面打字，簡直比把她捆起來倒吊還痛苦。偏偏每次來舒祈這兒，總是這類的「代價」……

所以她才很討厭來找舒祈啊！

折磨了三個多小時，她終於把手稿打完了。馬上往後一倒，趴在明峰擦得光可鑑人的地板上奄奄一息。她寧可再面對吸血鬼軍團，把血和靈氣噴光光，也不想再碰鍵盤了。

「我可以問了嗎？」麒麟兩眼無神。這兩瓶酒的代價好高啊！

「問啊！」舒祈看了看手稿和電腦稿，「還是有些錯字。」

「紅十字會想問妳為什麼阻止他們？他們需要妳的回音回去打報告。」麒麟無力地揮揮手。

「為什麼？」舒祈輕笑了一聲，「我沒看到就算了，既然在我眼睛底下，我看得到的地方，別想用那種莫須有的理由隨便帶走任何人。」

「妳知不知道他是誰啊？」麒麟支著下巴。

「我不管，那又不關我的事。」舒祈繼續在電腦上捨生忘死，面對電腦的臉龐拉起一抹耐人尋味的微笑，「盡信命不如別算命。」

「妳好任性哦！」麒麟抱怨。

世界上最任性的人，居然抱怨別人任性？這世界真是顛倒了。明峰沒好氣地想著，費盡力氣終於把亂到找不到地板的屋子打掃好了，累得眼皮開始沉重……

不知道為什麼，這樣充滿孤魂野鬼的屋子，卻「乾淨」得適合睡覺，或者適合作夢。

麒麟和管理者又說了些什麼，他沒聽見，只覺得自己漸漸升高，像是從高空中俯瞰這個城市。

要怎麼說呢？這個城市很美，但是也很難看；充滿聖潔的味道，卻也很污穢。他不懂……在華燈初上的夜裡，他不懂。

「她」真像是個天女——那個魔性都城，半躺著凝視著紅塵，用河流做霞帔，將群山戴在頭上為冠冕，輕軟的天衣綴著華燈閃爍的珠寶，卻讓污濁的空氣和邪穢的人心染得薄紗泛黃。

「她」美得有如觀音，卻也醜得宛若夜叉。但是「她」的表情這樣安然、放蕩，幾乎是欣喜若狂地看著蟲蟻似的人類的種種悲歡，像是瘋狂夜宴的女主人，縱容著都城的所有善與惡。

「她」沒有善惡也沒有美醜，「她」是獨一無二的存在，座落在島國北端的魔性天女——都城，隨著放蕩的意志選擇無欲無求的人類作為管理者。不知道為什麼，這一刻，他突然了解了都城的心。

「世界毀滅，妳也無所謂吧？」明峰喃喃地問著。

半躺的天女妖嬈地笑著，饒有興味地看著他。

「就算魔王真的降生在妳懷裡……」明峰深深著迷，「妳也會用奶水將他養大。毀滅或不毀滅，都是『自然』的意志，妳不管這些，妳只想跟妳喜歡的，神聖又邪惡、美麗又醜陋的人類在一起吧？」

魔性天女尖利地笑了起來，聲音卻粗啞地像是烏鴉。「她」吻了明峰，那魔性天女的口中，同時擁有馥郁和及腐敗的氣味。

無論清濁，這就是都城的味道，不會有人和「她」一樣……

* * *

「糟糕，他居然睡著了。」麒麟有些傷腦筋，「我忘了跟他講，在這裡睡著可是很危險的。」

「別人或許很危險，但他絕對不會有事。」舒祈半倚著，「妳比我還清楚吧？」

「……」

「而且，我還知道，預言從某個角度來說，是正確的。」她直直望進麒麟的眼睛，「只是曆法不正確。真正的世紀末，早在二十餘年前就發生過了。」

麒麟望了望明峰，「我還是把他叫醒好了。」

「不用管他，都城召喚他了。」舒祈頗感興味地看著麒麟，「為什麼妳要帶他來這裡？妳明知道我會看出來。妳又為什麼非指名他當妳的弟子？」

麒麟高舉雙手，「因為我想確定一下。舒祈，我不擅長和鬼溝通。而妳這裡什麼鳥都有，妳的能力比我強大……妳能確定的。」

舒祈看了麒麟好一會兒，「便利商店的孩子並不是魔王，我確定這個。但是妳……」她笑著搖搖頭，「妳在想什麼？」

「一個圖書館員，或許就讓這宿命沉寂了。」麒麟聳聳肩，「但是，我很想看看他的選擇。」

「世界毀滅也在所不惜？」舒祈笑了。

「我不是算命的。」麒麟也跟著笑，「預言或許是正確的，但是我對解讀的人沒信心。我想看這孩子可以去到哪裡，這世界又做了什麼選擇？」

「什麼圖書館員？什麼選擇？」明峰迷迷糊糊地抬起頭，剛剛他作了一個很美的夢……但是卻想不太起來。

「你別想做什麼圖書館員。」麒麟將他拖走，「你啊，我還有很多要教你的，回家吧！我快餓死了。」

「喂！麒麟。」舒祈喊住她，「你不要這孩子的時候，把他給我吧！他很勤快，我需要人來幫我打掃。」

「想得美！」麒麟對她做鬼臉，「這麼好用的徒弟我才捨不得送人咧！」

「喂！我的功能不是只有打掃好用吧？喂！」

這一天的都城黃昏特別美麗，像是天女被盛讚了她的容姿，展現出戀愛般的絕麗。

這是二〇〇四年秋天的一個傍晚，這個時候，年輕的明峰，還不知道他在這世界占了一個重要的位置。

（禁咒師卷壹 完）

作者的話

會寫這一本書本來是發洩兼娛樂，到底看了那麼多小說、漫畫、動畫，我這個專門寫字的人，對於劇本和對白特別有興趣，多少都會記一些起來。

記得多了，難免就會手癢，剛好寫完了一本很費力的小說，我需要一本輕鬆愉快的書來放鬆一下。

再說，我非常喜歡《西遊記》。裡頭那位活潑的大聖爺一直是我最喜愛的角色之一。其實真的要這樣亂玩大聖爺，我也遲疑了好些天。但是想想，不過是胡寫，想來也不會太瞋怪，所以就寫了。

要怪，就怪當年我幹嘛看了什麼靈智英雄，要怪，也要怪為啥那批愛考據的學者把水神跟孫大聖扯在一起，而水神之一的化身是水母娘娘。

認真要怪，就怪我怎麼那麼愛看聊齋，結果看來看去就成災了。

嗯，也怪吳老頭好了。他寫《西遊記》就寫《西遊記》，幹嘛讓大聖自己說他也化身成美女騙人吃肉？

結果我這樣胡寫，真的怪不得我。

寫這種不正經的東西，倒是下筆很快，堪稱娛樂項目。寫寫好玩兒就罷了，續集倒是不一定的，於是就寫了這本。

其實好玩的成分比較多，寫的時候也很快樂，我希望看著這本小說的讀者能夠感受到我相同愉快的心情。

事實上，我非常喜歡麒麟的「任性」。或許這樣的任性很有魅力吧？雖然大吃大喝好像不太可取……（笑）

我也喜歡明峰的氣急敗壞。因為他是個正經嚴肅的孩子，所以面對這樣的任性，只能大跳大叫，卻被耍得團團轉。

應該說，這本書裏面的角色我都非常喜歡吧？

剛剛想到一點小花絮，覺得頗好笑。「麒麟」這名字，是被我「借用」男主角名字的倒楣小孩提出來的（可憐他也只剩下這點自主權）。

我聽了就點頭，「這名字不錯。明太子是該配麒麟啤酒的。」

他當場呆掉了，馬上哭著要求改名字，當然抗議駁回！（有個寫作的媽，也真是辛苦他了。）

原本我給麒麟的身世更離奇，但是塞不進去了。除了大聖爺的血統，他們累代相傳，曾經與聖獸「麒麟」通婚，所以聖獸麒麟的族長遇到大聖爺，有時候還會開玩笑地喊親家。

至於慈悲的聖獸麒麟，下凡不敢落地，怕危及弱小生命的慈悲，更來不及寫了。雖然我很想加寫這部分，但是這本書已經快八萬字了，也可憐一下排版的人吧！

當然也有朋友會很無力，只不過是一年的休假，就寫成了一整本，那工作的時候呢？若是可能，我當然想要一本本寫下去。但這要看出版社的意願啦！我沒有什麼很特別的堅持……

是說，我還有一堆稿債，要寫「連續單元劇」也是滿累的！希望下本書能夠與你重逢。

願任性的原力與你同在。

我的部落格：http://seba.pixnet.net/blog

國家圖書館出版品預行編目資料

禁咒師 / 蝴蝶Seba著. -- 二版.
-- 新北市 : 雅書堂文化, 2016.02-
冊 ; 公分. -- (蝴蝶館 ; 1-3, 5, 7, 10, 13)
ISBN 978-986-302-288-6(卷1 : 平裝). --
ISBN 978-986-302-289-3(卷2 : 平裝). --
ISBN 978-986-302-290-9(卷3 : 平裝). --
ISBN 978-986-302-291-6(卷4 : 平裝). --
ISBN 978-986-302-292-3(卷5 : 平裝) . --
ISBN 978-986-302-294-7(卷6 : 平裝) . --
ISBN 978-986-302-296-1(卷7 : 平裝) . --

857.7 104027858

蝴蝶館 01

禁咒師〈卷壹〉

作　　者／蝴蝶Seba
封面題字／做作的Daphne
發 行 人／詹慶和
總 編 輯／蔡麗玲
執行編輯／蔡毓玲
編　　輯／劉蕙寧・黃璟安・陳姿伶・陳昕儀
執行美編／陳麗娜
美術編輯／周盈汝・韓欣恬

出版者／雅書堂文化事業有限公司
郵政劃撥帳號／18225950
戶名／雅書堂文化事業有限公司
地址／新北市板橋區板新路206號3樓
電子信箱／elegant.books@msa.hinet.net
電話／（02）8952-4078
傳真／（02）8952-4084

2007年5月初版　2019年12月二版3刷　定價240元

經銷／易可數位行銷股份有限公司
地址／新北市新店區寶橋路235巷6弄3號5樓
電話／（02）8911-0825
傳真／（02）8911-0801

Seba・蝴蝶

Seba・蝴蝶